朱自清笔下的

朱自清 著

四季之美

中国画报出版社·北京

目录
Contents

 春

002 春

005 春晖的一月

012 匆匆

015 看花

022 白马湖

026 潭柘寺　戒坛寺

032 小草

033 沪杭道中

夏

- 036 荷塘月色
- 041 扬州的夏日
- 045 外东消夏录
- 053 松堂游记
- 057 《忆》跋
- 063 《山野掇拾》
- 072 重庆行记
- 084 南行通信
- 090 初到清华记
- 094 桨声灯影里的秦淮河

秋

- 108 秋
- 110 飘零
- 116 中秋月
- 118 竹隐以红叶见寄,赋此奉答
- 119 纪游

127 "月朦胧，鸟朦胧，帘卷海棠红"
　　——温州的踪迹一
131 绿
　　——温州的踪迹二

 冬

136 冬天
140 满月的光
142 歌声
144 除夕书感
145 新年
146 《伦敦竹枝词》
149 新年的故事（节选）

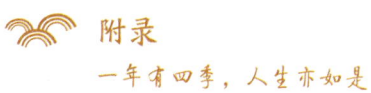

154 我是扬州人

- 161 给亡妇
- 167 背影
- 171 刹那
- 176 文学的美
  ——读 Puffer 的《美之心理学》
- 184 《谈美》序
- 189 《梅花》后记
- 194 重庆一瞥
- 197 北平沦陷那一天
- 201 儿女
- 210 文物·旧书·毛笔

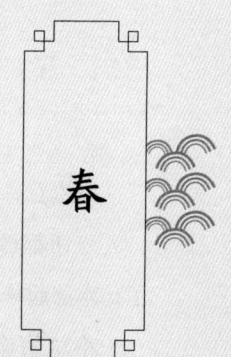

春

盼望着,盼望着,东风来了,春天的脚步近了。

一切都像刚睡醒的样子,欣欣然张开了眼。山朗润起来了,水涨起来了,太阳的脸红起来了。

小草偷偷地从土里钻出来,嫩嫩的,绿绿的。园子里,田野里,瞧去,一大片一大片满是的。坐着,躺着,打两个滚,踢几脚球,赛几趟跑,捉几回迷藏。风轻悄悄的,草软绵绵的。

桃树、杏树、梨树,你不让我,我不让你,都开满了花赶趟儿。红的像火,粉的像霞,白的像雪。花里带着甜味,闭了眼,树上仿佛已经满是桃儿、杏儿、梨儿!花下成千成百的蜜蜂嗡嗡地闹着,大小的蝴蝶飞来飞去。野花遍地是:杂样儿,有名字的,没名字的,散在草丛里,像眼睛,像星星,还眨呀眨的。

"吹面不寒杨柳风",不错的,像母亲的手抚摸着你。风里带来些新翻的泥土的气息,混着青草味儿,还有各种花的香,

都在微微润湿的空气里酝酿。鸟儿将巢安在繁花嫩叶当中，高兴起来了，呼朋引伴地卖弄清脆的喉咙，唱出宛转的曲子，与轻风流水应和着。牛背上牧童的短笛，这时候也成天在嘹亮地响。

雨是最寻常的，一下就是三两天，可别恼。看，像牛毛，像花针，像细丝，密密地斜织着，人家屋顶上全笼着一层薄烟。树叶子却绿得发亮，小草也青得逼你的眼。傍晚时候，上灯了，一点点黄晕的光，烘托出一片安静而和平的夜。乡下去，小路上，石桥边，撑起伞慢慢走着的人；还有地里工作的农民，披着蓑，戴着笠的。他们的草屋，稀稀疏疏的在雨里静默着。

天上风筝渐渐多了，地上孩子也多了。城里乡下，家家户户，老老小小，他们也赶趟儿似的，一个个都出来了。舒活舒活筋骨，抖擞抖擞精神，各做各的一份事去。"一年之计在于春"；刚起头儿，有的是工夫，有的是希望。

春天像刚落地的娃娃，从头到脚都是新的，它生长着。

春天像小姑娘，花枝招展的，笑着，走着。

春天像健壮的青年，有铁一般的胳膊和腰脚，领着我们上前去。

1933年2月21日

春晖的一月

去年在温州,常常看到本刊,觉得很是欢喜。本刊印刷的形式,也颇别致,更使我有一种美感。今年到宁波时,听许多朋友说,白马湖的风景怎样怎样好,更加向往。虽然于什么艺术都是门外汉,我却怀抱着爱"美"的热诚。三月二日,我到这儿上课来了。在车上看见"春晖中学校"的路牌,白地黑字的,小秋千架似的路牌,我便高兴。出了车站,山光水色,扑面而来,若许我抄前人的话,我真是"应接不暇"了。于是我便开始了春晖的第一日。

走向春晖,有一条狭狭的煤屑路。那黑黑的细小的颗粒,脚踏上去,便发出一种摩擦的噪音,给我多少清新的趣味。而最系我心的,是那小小的木桥。桥黑色,由这边慢慢的隆起,到那边又慢慢的低下去,故看去似乎很长。我最爱桥上的阑干,那变形的卍纹的阑干;我在车站门口早就看见了,我爱它的玲珑!桥之所以可爱,或者便因为这阑干哩。我在桥上逗留了好些时。这是一个阴天,山的容光,被云雾遮了一半,仿佛

淡妆的姑娘，但三面映照起来，也就青得可以了，映在湖里，白马湖里，接着水光，却另有一番妙景。我右手是个小湖，左手是个大湖。湖有这样大，使我自己觉得小了。湖水有这样满，仿佛要漫到我的脚下。湖在山的趾边，山在湖的唇边；他俩这样亲密，湖将山全吞下去了。吞的是青的，吐的是绿的，那软软的绿呀，绿的是一片，绿的却不安于一片；它无端的皱起来了。如絮的微痕，界出无数片的绿；闪闪闪闪的，像好看的眼睛。湖边系着一只小船，四面却没有一个人，我听见自己的呼吸。想起"野渡无人舟自横"的诗，真觉物我双忘了。

好了，我也该下桥去了；春晖中学校还没有看见呢。弯了两个弯儿，又过了一重桥。当面有山挡住去路；山旁只留着极狭极狭的小径。挨着小径，抹过山角，豁然开朗；春晖的校舍和历落的几处人家，都已在望了。远远看去，房屋的布置颇疏散有致，决无拥挤、局促之感。我缓缓走到校前，白马湖的水也跟我缓缓的流着。我碰着丏尊先生。他引我过了一座水门汀的桥，便到了校里。校里最多的是湖，三面潺潺的流着；其次是草地，看过去芊芊的一片。我是常住城市的人，到了这种空旷的地方，有莫名的喜悦！乡下人初进城，往往有许多的惊异，供给笑话的材料；我这城里人下乡，却也有许多的惊异——我的可笑，或者竟不下于初进城的乡下人。闲言少叙，且说校里的房屋、格式、布置固然疏落有味，便是里面的用具，也无一不显出巧妙的匠意；决无笨伯的手泽。晚上我到几

◎ 19世纪20年代，初创时的春晖中学校

位同事家去看，壁上有书有画，布置井井，令人耐坐。这种情形正与学校的布置、自然界的布置是一致的。美的一致，一致的美，是春晖给我的第一件礼物。

有话即长，无话即短，我到春晖教书，不觉已一个月了。在这一个月里，我虽然只在春晖登了十五日（我在宁波四中兼课），但觉甚是亲密。因为在这里，真能够无町畦。我看不出什么界线，因而也用不着什么防备，什么顾忌；我只照着我所喜欢的做就是了。这就是自由了。从前我到别处教书时，总要做几个月的"生客"，然后才能坦然。对于"生客"的猜疑，本是原始社会的遗形物，其故在于不相知。这在现社会，也不能免的。但在这里，因为没有层迭的历史，又结合比较的单纯，故没有这种习染。这是我所深愿的！这里的教师与学生，也没有什么界限。在一般的学校里，师生之间往往隔开一无形界限，这是最足减少教育效力的事！学生对于教师，"敬鬼神而远之"；教师对于学生，尔为尔，我为我，休戚不关，理乱不闻！这样两橛的形势，如何说得到人格感化？如何说得到"造成健全人格"？这里的师生却没有这样情形。无论何时，都可自由说话；一切事务，常常通力合作。校里只有协治会而没有自治会。感情既无隔阂，事务自然都开诚布公，无所用其躲闪。学生因无须矫情饰伪，故甚活泼有意思。又因能顺其天性，不遭压抑；加以自然界的陶冶；故趣味比较纯正。——也有太随便的地方，如有几个人上课时喜欢谈闲天，有几个人喜欢吐痰在地板上，但这些总容易矫正的。——春晖给我的第二件礼物是真诚，一致的真诚。

春晖是在极幽静的乡村地方，往往终日看不见一个外人！寂寞是小事；在学生的修养上却有了问题。现在的生活中心，是城市，而非乡村。乡村生活的修养能否适应城市的生活，这是一个问题。此地所说适应，只指两种意思：一是抵抗诱惑，二是应付环境——明白些说，就是应付人，应付物。乡村诱惑少，不能养成定力；在乡村是好人的，将来一入城市做事，或者竟抵挡不住。从前，某禅师在山中修道，道行甚高；一旦入闹市，"看见粉白黛绿，心便动了"。这话看来有理，但我以为其实无妨。就一般人而论，抵抗诱惑的力量大抵和性格、年龄、学识、经济力等有"相当"的关系。除经济力与年龄外,性格、学识,都可用教育的力量提高它,这样增加抵抗诱惑的力量。提高的意思,说得明白些,便是以高等的趣味替代低等的趣味;养成优良的习惯,使不良的动机不容易有效。用了这种方法,学生达到高中毕业的年龄,也总该有相当的抵抗力了;入城市生活又何妨?(不及初中毕业时者,因初中毕业,仍须续入高中,不必自己挣扎,故不成问题)有了这种抵抗力,虽还有经济力可以作祟,但也不能有大效。前面那禅师之所以不行,一因他过的是孤独的生活,故反动力甚大,一因他只知克制,不知替代;故外力强,便"虎兕出于柙"了!这岂可与现在这里学生的乡村生活相提并论呢?至于应付环境,这与乡村城市无大关系。我是城市的人,但初到上海,也曾因不会乘电车而跌了一跤,跌得皮破血流;这与乡下诸公又差得几何呢?若说应付人,无非是机心!什么"逢人只说三分话,未可全抛一片心",便是代表的教训。教育有改善人心的使命;这种机心,有无养成的必要,是一个问题。姑不论这个,要养成这种机心,也非到上海这种地方去不成;普通城市正和乡村一样,是没有什么帮助的。凡以上所说,无非要使大家相信,这里的乡村生活的修养,并不一定不能适应将来城市的生活。况且我们还可以举行旅行,以资调剂呢。况且城市生活的修养,虽自有它的好处;但也有流弊。如诱惑太多,年龄太小或性格未佳的学生,或者转易陷溺——那就不但不能磨炼定力,反早早的将定力丧失了！所以城市生活的修养不一定比乡村生活的修养有效。——只有一层，乡村生活足以减少少年人的进取心，这却是真的！

说到我自己，却甚喜欢乡村的生活，更喜欢这里的乡村的生活。我是在狭的笼的城市里生长的人，我要补救这个单调的生活，我现在住在繁嚣的都市里，我要以闲适的境界调和它。我爱春晖的闲适！闲适的生活可说是春晖给我的第三件礼物！

我已说了我的"春晖的一月"；我说的都是我要说的话。或者有人说，赞美多而劝勉少，近乎"戏台里喝彩"！假使这句话是真的，我要切实声明：我的多赞美，必是情不自禁之故，我的少劝勉，或是观察时期太短之故。

1924年4月12日

匆匆

燕子去了,有再来的时候;杨柳枯了,有再青的时候;桃花谢了,有再开的时候。但是,聪明的,你告诉我,我们的日子为什么一去不复返呢?——是有人偷了他们罢:那是谁?又藏在何处呢?是他们自己逃走了罢:现在又到了哪里呢?

我不知道他们给了我多少日子;但我的手确乎是渐渐空虚了。在默默里算着,八千多日子已经从我手中溜去;像针尖上一滴水滴在大海里,我的日子滴在时间的流里,没有声音,也没有影子。我不禁头涔涔而泪潸潸了。

去的尽管去了,来的尽管来着;去来的中间,又怎样地匆匆呢?早上我起来的时候,小屋里射进两三方斜斜的太阳。太阳他有脚啊,轻轻悄悄地挪移了;我也茫茫然跟着旋转。于是——洗手的时候,日子从水盆里过去;吃饭的时候,日子从饭碗里过去;默默时,便从凝然的双眼前过去。我觉察他去的匆匆了,伸出手遮挽时,他又从遮挽着的手边过去,天黑时,我躺在床上,他便伶伶俐俐地从我身上跨过,从我脚边飞去

了。等我睁开眼和太阳再见,这算又溜走了一日。我掩着面叹息。但是新来的日子的影儿又开始在叹息里闪过了。

在逃去如飞的日子里,在千门万户的世界里的我能做些什么呢?只有徘徊罢了,只有匆匆罢了;在八千多日的匆匆里,除徘徊外,又剩些什么呢?过去的日子如轻烟,被微风吹散了,如薄雾,被初阳蒸融了;我留着些什么痕迹呢?我何曾留着像游丝样的痕迹呢?我赤裸裸来到这世界,转眼间也将赤裸裸的回去罢?但不能平的,为什么偏要白白走这一遭啊?

你聪明的,告诉我,我们的日子为什么一去不复返呢?

1922年3月28日

看花

生长在大江北岸一个城市里,那儿的园林本是著名的,但近来却很少;似乎自幼就不曾听见过"我们今天看花去"一类话,可见花事是不盛的。有些爱花的人,大都只是将花栽在盆里,一盆盆搁在架上;架子横放在院子里。院子照例是小小的,只够放下一个架子;架上至多搁二十多盆花罢了。有时院子里依墙筑起一座"花台",台上种一株开花的树;也有在院子里地上种的。但这只是普通的点缀,不算是爱花。

家里人似乎都不甚爱花;父亲只在领我们上街时,偶然和我们到"花房"里去过一两回。但我们住过一所房子,有一座小花园,是房东家的。那里有树,有花架,(大约是紫藤花架之类)但我当时还小,不知道那些花木的名字;只记得爬在墙上的是蔷薇而已。园中还有一座太湖石堆成的洞门;现在想来,似乎也还好的。在那时由一个顽皮的少年仆人领了我去,却只知道跑来跑去捉蝴蝶;有时掐下几朵花,也只是随意揉弄着,随意丢弃了。至于领略花的趣味,那是以后的事:夏天的早晨,我们

那地方有乡下的姑娘在各处街巷，沿门叫着，"卖栀子花来。"栀子花不是什么高品，但我喜欢那白而晕黄的颜色和那肥肥的个儿，正和那些卖花的姑娘有着相似的韵味。栀子花的香，浓而不烈，清而不淡，也是我乐意的。我这样便爱起花来了。也许有人会问，"你爱的不是花吧？"这个我自己其实也已不大弄得清楚，只好存而不论了。

在高小的一个春天，有人提议到城外F寺里吃桃子去，而且预备白吃；不让吃就闹一场，甚至打一架也不在乎。那时虽远在五四运动以前，但我们那里的中学生却常有打进戏园看白戏的事。中学生能白看戏，小学生为什么不能白吃桃子呢？我们都这样想，便由那提议人鸠合了十几个同学，浩浩荡荡地向城外而去。到了F寺，气势不凡地呵叱着道人们（我们称寺里的工人为道人），立刻领我们向桃园里去。道人们踌躇着说："现在桃树刚才开花呢。"但是谁信道人们的话？我们终于到了桃园里。大家都丧了气，原来花是真开着呢！这时提议人P君便去折花。道人们是一直步步跟着的，立刻上前劝阻，而且用起手来。但P君是我们中最不好惹的；"说时迟，那时快"，一眨眼，花在他的手里，道人已跟跄在一旁了。那一园子的桃花，想来总该有些可看；我们却谁也没有想着去看。只嚷着，"没有桃子，得沏茶喝！"道人们满肚子委屈地引我们到"方丈"里，大家各喝一大杯茶。这才平了气，谈谈笑笑地进城去。大概我那时还只懂得爱一朵朵的栀子花，对于开在树上的桃花，是并不了然的；所以眼前的机会，便从眼前错过了。

以后渐渐念了些看花的诗，觉得看花颇有些意思。但到北平读了几年书，却只到过崇效寺一次；而去得又嫌早些，那有名的一株绿牡丹还未开呢。北平看花的事很盛，看花的地方也很多；但那时热闹的似乎也只有一班诗人名士，其余还是不相干的。那正是新文学运动的起头，我们这些少年，对于旧诗和那一班诗人名士，实在有些不敬；而看花的地方又都远不可言，我是一个懒人，便干脆地断了那条心了。后来到杭州做事，遇见了Y君，他是新诗人兼旧诗人，看花的兴致很好。我和他常到孤山去看梅花。孤山的梅花是古今有名的，但太少；又没有临水的，人也太多。有一回坐在放鹤亭上喝茶，来了一个方面有须，穿着花缎马褂的人，用湖南口音和人打招呼道，"梅花盛开嗒！""盛"字说得特别重，使我吃了一惊；但我吃惊的也只是说在他嘴里"盛"这个声音罢了，花的盛不盛，在我倒并没有什么的。

有一回，Y来说，灵峰寺有三百株梅花；寺在山里，去的人也少。我和Y，还有N君，从西湖边雇船到岳坟，从岳坟入山。曲曲折折走了好一会，又上了许多石级，才到山上寺里。寺甚小，梅花便在大殿西边园中。园也不大，东墙下有三间净室，最宜喝茶看花；北边有座小山，山上有亭，大约叫"望海亭"吧，望海是未必，但钱塘江与西湖是看得见的。梅树确是不少，密密地低低地整列着。那时已是黄昏，寺里只有我们三

个游人；梅花并没有开，但那珍珠似的繁星似的骨朵儿，已经够可爱了；我们都觉得比孤山上盛开时有味。大殿上正做晚课，送来梵呗的声音，和着梅林中的暗香，真叫我们舍不得回去。在园里徘徊了一会，又在屋里坐了一会，天是黑定了，又没有月色，我们向庙里要了一个旧灯笼，照着下山。路上几乎迷了道，又两次三番的狗咬；我们的Y诗人确有些窘了，但终于到了岳坟。船夫远远迎上来道："你们来了，我想你们不会冤我呢！"在船上，我们还不离口地说着灵峰的梅花，直到湖边电灯光照到我们的眼。

Y回北平去了，我也到了白马湖。那边是乡下，只有沿湖与杨柳相间着种了一行小桃树，春天花发时，在风里娇媚地笑着。还有山里的杜鹃花也不少。这些日日在我们眼前，从没有人像煞有介事地提议，"我们看花去。"但有一位S君，特别爱养花；他家里几乎是终年不离花的。我们上他家去，总看他在那里不是拿着剪刀修理枝叶，便是提着壶浇水。我们常乐意看着。他院子里一株紫薇花很好，我们在花旁喝酒，不知多少次。白马湖住了不过一年，我却传染了他那看花的嗜好。但重到北平时，住在花事很盛的清华园里，接连过了三个春，却从未想到去看一回。只在第二年秋天，曾经和孙三先生在园里看过几次菊花。"清华园之菊"是著名的，孙三先生还特地写了一篇文，画了好些画。但那种一盆一干一花的养法，花是好了，总觉没有天然的风趣。直到去年春天，有了些余闲，在花开前，先向人问了些花的名字。一个好朋友是从知道姓名起的，我想看花也正是如此。恰好Y君也常来园中，我们一天三四趟地到那些花下去徘徊。今年Y君忙些，我便一个人去。我爱繁花老干的杏，临风婀娜的小红桃，贴梗累累如珠的紫荆；但最恋恋的是西府海棠。海棠的花繁得好，也淡得好；艳极了，却没有一丝荡意。疏疏的高干子，英气隐隐逼人。可惜没有趁着月色看过；王鹏运有两句词道："只愁淡月朦胧影，难验微波上下潮。"我想月下的海棠花，大约便是这种光景吧。为了海棠，前两天在城里特地冒了大风到中山公园去，看花的人倒也不少；但不知怎的，却忘了畿辅先哲祠。Y告我那里的一株，遮住了大半个院子；别处的都向上长，这一株却是横里伸张的。花的繁没有法说；海棠本无香，昔人常以为恨，这里花太繁了，却酝酿出一种淡淡的香气，使人久闻不倦。Y告诉我，正是刮了一日还不息的狂风的晚上；他是前一天去的。他说他去时地上已有落花了，这一日一夜的风，准完了。他说北平看花，是要赶着看的：春光太短了，又晴的日子多；今年算是有阴的日子了，但狂风还是逃不了的。我说北平看花，比别处有意思，也正在此。这时候，我似乎不甚菲薄那一班诗人名士了。

1930年4月

白马湖

今天是个下雨的日子。这使我想起了白马湖;因为我第一回到白马湖,正是微风飘萧的春日。

白马湖在甬绍铁道的驿亭站,是个极小极小的乡下地方。在北方说起这个名字,管保一百个人一百个人不知道。但那却是一个不坏的地方。这名字先就是一个不坏的名字。据说从前(宋时?)有个姓周的骑白马入湖仙去,所以有这个名字。这个故事也是一个不坏的故事。假使你乐意搜集,或也可编成一本小书,交北新书局印去。

白马湖并非圆圆的或方方的一个湖,如你所想到的,这是曲曲折折大大小小许多湖的总名。湖水清极了,如你所能想到的,一点儿不含糊像镜子。沿铁路的水,再没有比这里清的,这是公论。遇到旱年的夏季,别处湖里都长了草,这里却还是一清如故。白马湖最大的,也是最好的一个,便是我们住过的屋的门前那一个。那个湖不算小,但湖口让两面的山包抄住了。外面只见微微的碧波而已,想不到有那么大的一片。湖的尽里

◎ 木桥上的白马湖作家群[1]

头，有一个三四十户人家的村落，叫做西徐岙，因为姓徐的多。这村落与外面本是不相通的，村里人要出来得撑船。后来春晖中学在湖边造了房子，这才造了两座玲珑的小木桥，筑起一道煤屑路，直通到驿亭车站。那是窄窄的一条人行路，蜿蜒曲折的，路上虽常不见人，走起来却不见寂寞。——尤其在微雨的春天，一个初到的来客，他左顾右盼，是只有觉得热闹的。

---

[1] 夏丏尊的故居平屋，丰子恺的故居小杨柳屋，皆在白马湖。在白马湖畔丰子恺写下散文《山水间的生活》，朱自清写下了《春晖的一月》《白马湖》等名篇，朱自清的第一篇美学论文，也是在朱光潜的鼓励下在白马湖畔完成的。大家朝夕相处，友情甚笃，才有了文学史上的白马湖作家群。

春晖中学在湖的最胜处,我们住过的屋也相去不远,是半西式。湖光山色从门里从墙头进来,到我们窗前、桌上。我们几家接连着;丏翁的家最讲究。屋里有名人字画,有古瓷,有铜佛,院子里满种着花。屋子里的陈设又常常变换,给人新鲜的受用。他有这样好的屋子,又是好客如命,我们便不时地上他家里喝老酒。丏翁夫人的烹调也极好,每回总是满满的盘碗拿出来,空空的收回去。白马湖最好的时候是黄昏。湖上的山笼着一层青色的薄雾,在水里映着参差的模糊的影子。水光微微地暗淡,像是一面古铜镜。轻风吹来,有一两缕波纹,但随即平静了。天上偶见几只归鸟,我们看着它们越飞越远,直到不见为止。这个时候便是我们喝酒的时候。我们说话很少;上了灯话才多些,但大家都已微有醉意,是该回家的时候了。若有月光也许还得徘徊一会;若是黑夜,便在暗里摸索醉着回去。

白马湖的春日自然最好。山是青得要滴下来,水是满满的、软软的。小马路的两边,一株间一株地种着小桃与杨柳。小桃上各缀着几朵重瓣的红花,像夜空的疏星。杨柳在暖风里不住地摇曳。在这路上走着,时而听见锐而长的火车的笛声是别有风味的。在春天,不论是晴是雨,是月夜是黑夜,白马湖都好。——雨中田里菜花的颜色最早鲜艳;黑夜虽什么不见,但可静静地受用春天的力量。夏夜也有好处,有月时可以在湖里划小船,四面满是青霭。船上望别的村庄,像是蜃楼海市，浮在水上，迷离徜恍的；有时听见人声或犬吠，大有世外之感。若没有月呢，便在田野里看萤火。那萤火不是一星半点的，如你们在城中所见；那是成千成百的萤火。一片儿飞出来，像金线网似的，又像耍着许多火绳似的。只有一层使我愤恨。那里水田多，蚊子太多，而且几乎全闪闪烁烁是疟蚊子。我们一家都染了疟疾，至今三四年了，还有未断根的。蚊子多足以减少露坐夜谈或划船夜游的兴致，这未免是美中不足了。

离开白马湖是三年前的一个冬日。前一晚"别筵"上，有丐翁与云君。我不能忘记丐翁，那是一个真挚豪爽的朋友。但我也不能忘记云君，我应该这样说，那是一个可爱的——孩子。

1929年7月14日

潭柘寺　戒坛寺

◎ 潭柘寺　田震坤　绘

早就知道潭柘寺，戒坛寺。在商务印书馆的《北平指南》上，见过潭柘的铜图，小小的一块，模模糊糊的，看了一点没有想去的意思。后来不断地听人说起这两座庙；有时候说路上不平静，有时候说路上红叶好。说红叶好的劝我秋天去；但也有人劝我夏天去。有一回骑驴上八大处，赶驴的问逛过潭柘没有，我说没有。他说潭柘风景好，那儿满是老道，他去过，离八大处七八十里地，坐轿骑驴都成。我不大喜欢老道的装束，尤其是那满蓄着的长头发，看上去罗里罗唆，龌里龌龊的。更不想骑驴走七八十里地，因为我知道驴子与我都受不了。真打动我的倒是"潭柘寺"这个名字。不懂不是？就是不懂的妙。躲懒的人念成"潭拓寺"，那更莫名其妙了。这怕是中国文法的花样；要是来个欧化，说是"潭和柘的寺"，那就用不着咀嚼或吟味了。还有在一部诗话里看见近人咏戒台松的七古，诗腾挪夭矫，想来松也如此。所以去。但是在夏秋之前的春天，而且是早春；北平的早春是没有花的。

这才认真打听去过的人。有的说住潭柘好，有的说住戒坛好。有的人说路太难走，走到了筋疲力尽，再没兴致玩儿；有人说走路有意思。又有人说，去时坐了轿子，半路上前后两个轿夫吵起来，把轿子搁下，直说不抬了。于是心中暗自决定，不坐轿，也不走路；取中道，骑驴子。又按普通说法，总是潭柘寺在前，戒坛寺在后，想着戒坛寺一定远些；于是决定住潭柘，因为一天回不来，必得住。门头沟下车时，想着人多，怕雇不着许多驴,但是并不然——雇驴的时候,才知道戒坛去便宜一半,那就是说近一半。这时候自己忽然逗起能来,要走路。走吧。

这一段路可够瞧的。像是河床,怎么也挑不出没有石子的地方,脚底下老是绊来绊去的,教人心烦。又没有树木,甚至于没有一根草。这一带原是煤窑,拉煤的大车往来不绝,尘土里饱和着煤屑,变成黯淡的深灰色,教人看了透不出气来。走一点钟光景。自己觉得已经有点办不了,怕没有走到便筋疲力尽;幸而山上下来一条驴,如获至宝似的雇下,骑上去。这一天东风特别大。平常骑驴就不稳,风一大真是祸不单行。山上东西都有路,很窄,下面是斜坡;本来从西边走,驴夫看风势太猛,将驴拉上东路。就这么着,有一回还几乎让风将驴吹倒;若走西边,没有准儿会驴我同归哪。想起从前人画风雪骑驴图,极是雅事;大概那不是上潭柘寺去的。驴背上照例该有些诗意,但是我,下有驴子,上有帽子眼镜,都要照管;又有迎风下泪的毛病,常要掏手巾擦干。当其时真恨不得生出第三只手来才好。

东边山峰渐起,风是过不来了;可是驴也骑不得了,说是坎儿多。坎儿可真多。这时候精神倒好起来了:崎岖的路正可以练腰脚,处处要眼到心到脚到,不像平地上。人多更有点竞赛的心理,总想走上最前头去,再则这儿的山势虽然说不上险,可是突兀,丑怪,巉刻的地方有的是。我们说这才有点儿山的意思；老像八大处那样，真教人气闷闷的。于是一直走到潭柘寺后门；这段坎儿路比风里走过的长一半，小驴毫无用处，驴夫说："咳，这不过给您做个伴儿！"

墙外先看见竹子，且不想进去。又密，又粗，虽然不够绿。北平看竹子，真不易。又想到八大处了，大悲庵殿前那一溜儿，薄得可怜，细得也可怜，比起这儿，真是小巫见大巫了。进去过一道角门，门旁突然亭亭地矗立着两竿粗竹子，在墙上紧紧地挨着；要用批文章的成语，这两竿竹子足称得起"天外飞来之笔"。

正殿屋角上两座琉璃瓦的鸱吻，在台阶下看，值得徘徊一下。神话说殿基本是青龙潭，一夕风雨，顿成平地，涌出两鸱吻。只可惜现在的两座太新鲜，与神话的朦胧幽秘的境界不相称。但是还值得看，为的是大得好，在太阳里嫩黄得好，闪亮得好；那拴着的四条黄铜练子也映衬得好。寺里殿很多，层层折折高上去，走起来已经不平凡，每殿大小又不一样，塑像摆设也各出心裁。看完了，还觉得无穷无尽似的。正殿下延清阁是待客的地方，远处群山像屏障似的。屋子结构甚巧，穿来穿去，不知有多少间，好像一所大宅子。可惜尘封不扫，我们住不着。话说回来，这种屋子原也不是预备给我们这末多人挤着住的。寺门前一道深沟，上有石桥；那时没有水，若是现在去，倚在桥上听潺潺的水声，倒也可以忘我忘世。过桥四株马尾松，枝枝覆盖，叶叶交通，另成一个境界。西边小山上有个古观音洞。洞无可看，但上去时在山坡上看潭柘的侧面，宛如仇十洲的《仙山楼阁图》；往下看是陡峭的沟岸，越显得深深无极，潭柘简直有海上蓬莱的意味了。寺以泉水著名，到处有石槽引水长流，倒也涓涓可爱。只是流觞亭雅得那样俗，在石地上楞刻着蚯蚓般的槽；那样流觞，怕只有孩子们愿意干。现在兰亭的"流觞曲水"也和这儿的一鼻孔出气，不过规模大些。晚上因为带的铺盖薄，冻得睁着眼，却听了一夜的泉声；心里想要不冻着，这泉声够多清雅啊！寺里并无一个老道，但那几个和尚，满身铜臭，满眼势利，教人老不能忘记，倒也麻烦的。

第二天清早，二十多人满雇了牲口，向戒坛而去，颇有浩浩荡荡之势。我的是一匹骡子，据说稳得多。这是第一回，高高兴兴骑上去。这一路要翻罗喉岭。只是土山，可是道儿窄，又曲折；虽不高，老那么凸凸凹凹的。许多处只容得一匹牲口过去。平心说，是险点儿。想起古来用兵，从间道袭敌人，许也是这种光景吧。

戒坛在半山上，山门是向东的。一进去就觉得平旷；南面只有一道低低的砖栏，下边是一片平原，平原尽处才是山，与众山屏蔽的潭柘气象便不同。进二门，更觉得空阔疏朗，仰看正殿前的平台，仿佛汪洋千顷。这平台东西很长，是戒坛最胜处，眼界最宽，教人想起"振衣千仞冈"的诗句。三株名松都在这里。"卧龙松"与"抱塔松"同是偃仆的姿势，身躯奇伟，鳞甲苍然,有飞动之意。"九龙松"老干槎桠,如张牙舞爪一般。若在月光底下,森森然的松影当更有可看。此地最宜低回流连,不是匆匆一览所可领略。潭柘以层折胜,戒坛以开朗胜;但潭柘似乎更幽静些。戒坛的和尚,春风满面,却远胜于潭柘的;我们之中颇有悔不该住潭柘的。戒坛后山上也有个观音洞。洞宽大而深,大家点了火把嚷嚷闹闹地下去;半里光景的洞满是油烟,满是声音。洞里有石虎,石龟,上天梯,海眼等等,无非是凑凑人的热闹而已。

还是骑骡子。回到长辛店的时候,两条腿几乎不是我的了。

1934年8月3日

小草

睡了的小草,
如今苏醒了!
立在太阳里,
欠伸着,揉她们的眼睛。
萎黄的小草,
如今绿色了!
俯仰惠风前,
笑迷迷地彼此向着。
不见了的小草,
如今随意长着了!
鸟儿快乐的声音,
"同伴,我们别得久了!"
好浓的春意呵!
可爱的小草,我们的朋友,
春带了你来么?
你带了她来呢?

1920年3月18日

沪杭道中

雨儿一丝一丝地下着,
每每的田园在雨里浴着,
一片青黄的颜色越发鲜艳欲滴了!
青的新出的秧针,
一块块错落地铺着;
黄的割下的麦子,
把把地叠着;
还有深黑色待种的水田,
和青的黄的间着;
好一张彩色花毡呵!
一处处小河缓缓地流着;
河上有些窄窄的板桥搭着;
河里几只小船自家横着;
岸旁几个人撑着伞走着;
那边田里一个农夫,披了蓑,戴了笠,
慢慢地跟着一只牛将地犁着;
牛儿走走歇歇,往前看着。
远远天和地密密地接了。

苍茫里有些影子，

大概是些丛树和屋宇吧？

却都给烟雾罩着了。

我们在烟雾里、花毡上过着；

雨儿还在一丝一丝地下着。

1920年

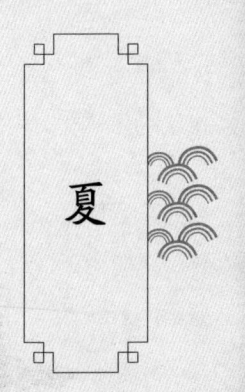

夏

荷塘月色

◎ 清华荷塘月色亭　田震坤　绘

这几天心里颇不宁静。今晚在院子里坐着乘凉，忽然想起日日走过的荷塘，在这满月的光里，总该另有一番样子吧。月亮渐渐地升高了，墙外马路上孩子们的欢笑，已经听不见了；妻在屋里拍着闰儿，迷迷糊糊地哼着眠歌。我悄悄地披了大衫，带上门出去。

沿着荷塘，是一条曲折的小煤屑路。这是一条幽僻的路；白天也少人走，夜晚更加寂寞。荷塘四面，长着许多树，蓊蓊郁郁的。路的一旁，是些杨柳，和一些不知道名字的树。没有月光的晚上，这路上阴森森的，有些怕人。今晚却很好，虽然月光也还是淡淡的。

路上只我一个人，背着手踱着。这一片天地好像是我的；我也像超出了平常的自己，到了另一个世界里。我爱热闹，也爱冷静；爱群居，也爱独处。像今晚上，一个人在这苍茫的月下，什么都可以想，什么都可以不想，便觉是个自由的人。白天里一定要做的事，一定要说的话，现在都可不理。这是独处的妙处；我且受用这无边的荷香月色好了。

曲曲折折的荷塘上面，弥望的是田田的叶子。叶子出水很高，像亭亭的舞女的裙。层层的叶子中间，零星地点缀着些白花，有袅娜地开着的，有羞涩地打着朵儿的；正如一粒粒的明珠，又如碧天里的星星，又如刚出浴的美人。微风过处，送来缕缕清香，仿佛远处高楼上渺茫的歌声似的。这时候叶子与花也有一丝的颤动，像闪电般，霎时传过荷塘的那边去了。叶子本是肩并肩密密地挨着，这便宛然有了一道凝碧的波痕。叶子底下是脉脉的流水，遮住了，不能见一些颜色；而叶子却更见风致了。

月光如流水一般，静静地泻在这一片叶子和花上。薄薄的青雾浮起在荷塘里。叶子和花仿佛在牛乳中洗过一样；又像笼着轻纱的梦。虽然是满月，天上却有一层淡淡的云，所以不能朗照；但我以为这恰是到了好处——酣眠固不可少，小睡也别有风味的。月光是隔了树照过来的，高处丛生的灌木，落下参差的斑驳的黑影，峭楞楞如鬼一般；弯弯的杨柳的稀疏的倩影，却又像是画在荷叶上。塘中的月色并不均匀；但光与影有着和谐的旋律，如梵婀玲上奏着的名曲。

荷塘的四面，远远近近，高高低低都是树，而杨柳最多。这些树将一片荷塘重重围住；只在小路一旁，漏着几段空隙，像是特为月光留下的。树色一例是阴阴的，乍看像一团烟雾；但杨柳的丰姿，便在烟雾里也辨得出。树梢上隐隐约约的是一带远山，只有些大意罢了。树缝里也漏着一两点路灯光，没精打采的，是渴睡人的眼。这时候最热闹的，要数树上的蝉声与水里的蛙声；但热闹是它们的，我什么也没有。

忽然想起采莲的事情来了。采莲是江南的旧俗，似乎很早就有，而六朝时为盛；从诗歌里可以约略知道。采莲的是少年的女子，她们是荡着小船，唱着艳歌去的。采莲人不用说很多，还有看采莲的人。那是一个热闹的季节，也是一个风流的

清华园 田震坤 绘

季节。梁元帝《采莲赋》里说得好：

> 于是妖童媛女，荡舟心许；鹢首徐回，兼传羽杯；櫂将移而藻挂，船欲动而萍开。尔其纤腰束素，迁延顾步；夏始春余，叶嫩花初，恐沾裳而浅笑，畏倾船而敛裾。

可见当时嬉游的光景了。这真是有趣的事，可惜我们现在早已无福消受了。

于是又记起《西洲曲》里的句子：

采莲南塘秋，莲花过人头；

低头弄莲子，莲子清如水。

今晚若有采莲人，这儿的莲花也算得"过人头"了；只不见一些流水的影子，是不行的。这令我到底惦着江南了。——这样想着，猛一抬头，不觉已是自己的门前；轻轻地推门进去，什么声息也没有，妻已睡熟好久了。

1927年7月

扬州的夏日

扬州从隋炀帝以来,是诗人文士所称道的地方。称道的多了,称道得久了,一般人便也随声附和起来。直到现在,你若向人提起扬州这个名字,他会点头或摇头说:"好地方!好地方!"特别是没去过扬州而念过些唐诗的人,在他心里,扬州真像蜃楼海市一般美丽。他若念过《扬州画舫录》一类书,那更了不得了。但在一个久住扬州像我的人,他却没有那么多美丽的幻想,他的憎恶也许掩住了他的爱好,他也许离开了三四年并不去想它。若是想呢,你说他想什么?女人。不错,这似乎也有名,但怕不是现在的女人吧?他也只会想着扬州的夏日,虽然与女人仍然不无关系的。

北方和南方一个大不同,在我看,就是北方无水而南方有。诚然,北方今年大雨,永定河、大清河甚至决了堤防,但这并不能算是有水。北平的三海和颐和园虽然有点儿水,但太平衍了,一览而尽,船又那么笨头笨脑的。有水的仍然是南方。扬州的夏日,好处大半便在水上——有人称为"瘦西湖",

这个名字真是太"瘦"了，假西湖之名以行，"雅得这样俗"，老实说，我是不喜欢的。下船的地方便是护城河，曼衍开去，曲曲折折，直到平山堂——这是你们熟悉的名字——有七八里河道，还有许多杈杈丫丫的支流。这条河其实也没有顶大的好处，只是曲折而有些幽静，和别处不同。

沿河最著名的风景是小金山、法海寺、五亭桥，最远的便是平山堂了。金山你们是知道的，小金山却在水中央。在那里望水最好，看月自然也不错——可是我还不曾有过那样福气。"下河"的人十之九是到这儿的，人不免太多些。法海寺有一个塔，和北海的一样，据说是乾隆皇帝下江南，盐商们连夜督促匠人造成的。法海寺著名的自然是这个塔，但还有一桩，你们猜不着，是红烧猪头。夏天吃红烧猪头，在理论上也许不甚相宜，可是在实际上，挥汗吃着，倒也不坏的。五亭桥如名字所示，是五个亭子的桥。桥是拱形，中一亭最高，两边四亭，参差相称，最宜远看，或看影子，也好。桥洞颇多，乘小船穿来穿去，另有风味。平山堂在蜀冈上，登堂可见江南诸山淡淡的轮廓。"山色有无中"一句话，我看是恰到好处，并不算错。这里游人较少，闲坐在堂上，可以永日。沿路光景，也以闲寂胜。从天宁门或北门下船，蜿蜒的城墙，在水里倒映着苍黝的影子，小船悠然地撑过去，岸上的喧扰像没有似的。

船有三种：大船专供宴游之用。小时候常跟了父亲去，在船里听着谋得利洋行的唱片。现在这样乘船的大概少了吧？其次是"小划子",真像一瓣西瓜,由一个男人或女人用竹篙撑着。乘的人多了,便可雇两只,前后用小凳子跨着:这也可算得"方舟"了。后来又有一种"洋划",比大船小,比"小划子"大,上支布篷,可以遮日遮雨。"洋划"渐渐地多,大船渐渐地少,然而"小划子"总是有人要的。这不独因为价钱最贱,也因为它的伶俐。一个人坐在船中,让一个人站在船尾上用竹篙一下一下地撑着,简直是一首唐诗,或一幅山水画。而有些好事的少年,愿意自己撑船,也非"小划子"不行。"小划子"虽然便宜,却也有些分别。譬如说,你们也可想到的,女人撑船总要贵些,姑娘撑的自然更要贵啰。这些撑船的女子,便是有人说过的"瘦西湖上的船娘"。船娘们的故事大概不少,但我不很知道。

北门外一带,叫作下街,茶馆最多,往往一面临河。船行过时,茶客与乘客可以随便招呼说话。船上人若高兴时,也可以向茶馆中要一壶茶,或一两种"小笼点心",在河中喝着,吃着,谈着。回来时再将茶壶和所谓小笼,连价款一并交给茶馆中人。撑船的都与茶馆相熟,他们不怕你白吃。扬州的小笼点心实在不错:我离开扬州,也走过七八处大大小小的地方,还没有吃过那样好的点心,这其实是值得惦记的。茶馆的地方大致总好,名字也颇有好的。如香影廊、绿杨村、红叶山庄,都是到现在还记得的。绿杨村的幌子,挂在绿杨树上,随风飘展,使人想起"绿杨城郭是扬州"的名句。里面还有小池、丛竹、茅亭，景物最幽。这一带的茶馆布置都历落有致，迥非上海、北平方方正正的茶楼可比。

"下河"总是下午。傍晚回来，在暮霭朦胧中上了岸，将大褂折好搭在腕上，一手微微摇着扇子，这样进了北门或天宁门走回家中。这时候可以念"偷得浮生半日闲"那一句诗了。

外东消夏录

●

引子

这个题目是仿的高士奇的《江村消夏录》。那部书似乎专谈书画,我却不能有那么雅,这里只想谈一些世俗的事。这回我从昆明到成都来消夏。消夏本来是避暑的意思,若照这个意思,我简直是闹笑话,因为昆明比成都凉快得多,决无从凉处到热处避暑之理。消夏还有一个新意思,就是换换生活,变变样子。这是外国想头,摩登想头,也有一番大道理。但在这战时,谁还该想这个!我们公教人员谁又敢想这个!可是既然来了,不管为了多俗的事,也不妨取个雅名字,马虎点儿,就算他消夏罢。谁又去打破沙缸问到底呢?

但是问到底的人是有的。去年参加昆明一个夏令营,营地观音山。七月二十三日便散营了。前一两天,有游客问起,我们向他说这是夏令营,就要结束了。他道:"就结束了?夏令

◎ 荷亭消夏图 宋 佚名

完了吗?"这自然是俏皮话。问到底本有两种,一是"耍奸心",一是死心眼儿。若是耍奸心的话,这儿"消夏"一词似乎还是站不住。因为动手写的今天是八月二十八日,农历七月初十,明明已经不是夏天而是秋天。但"录"虽然在秋天,所"录"不妨在夏天;《消夏录》尽可以只录消夏的事,不一定为了消夏而录。还是马虎点儿算了。

外东一词，指的是东门外，跟外西，外南，外北是姊妹花的词儿。住在成都的人都懂，但是外省人弄不明白。这好像是个翻译的名词，跟远东、近东、中东挨肩膀儿。固然为纪实起见，我也可以用草庐或草堂等词，因为我的确住着草房。可是不免高攀诸葛丞相，杜工部之嫌，我怎么敢那样大胆呢？我家是住在一所尼庵里，叫作"尼庵消夏录"原也未尝不可，但是别人单看题目也许会大吃一惊，我又何必故作惊人之笔呢？因此马马虎虎写下"外东消夏录"这个老老实实的题目。

夜大学

四川大学开办夜校，值得我们注意。我觉得与其匆匆忙忙新办一些大学或独立学院，不重质而重量，还不如让一些有历史的大学办办夜校的好。

眉毛高的人也许觉得夜校总不像一回事似的。但是把毕业年限定得长些，也就差不多。东吴大学夜校的成绩好像并不坏。大学教育固然注重提高，也该努力普及，普及也是大学的职分。现代大学不应该像修道院，得和一般社会打成一片才是道理。况且中国有历史的大学不多，更是义不容辞的得这么办。

现在百业发展，从业员增多，其中尽有中学毕业或具有同等学力，有志进修无门可入的人。这些人往往将有用的精力消磨在无聊的酬应和不正当的娱乐上。有了大学夜校，他们便有机会增进自己的学识技能。这也就可以增进各项事业的效率，并澄清社会的恶浊空气。

普及大学教育，有夜校，也有夜班，都得在大都市里，才能有足够的从业员来应试入学。入夜校可以得到大学毕业的资格或学位，入夜班却只能得到专科的资格或证书。学位的用处久经规定，专科资格或证书，在中国因从未办过大学夜班，还无人考虑它们的用处。现时只能办夜校；要办夜班，得先请政府规定夜班毕业的出身才成。固然有些人为学问而学问，但各项从业员中这种人大概不多，一般还是功名心切。就这一般人论，用功名来鼓励他们向学，也并不错。大学生选系，不想到功名或出路的又有多少呢？这儿我们得把眉毛放低些。

四川大学夜校分中国文学、商学、法律三组。法律组有东吴的成例，商学是当今的显学，都在意料中。只有中国文学是冷货，居然三分天下有其一，好像出乎意料。不过虽是夜校，却是大学，若全无本国文化的科目，未免难乎其为大，这一组设置可以说是很得体的。这样分组的大学夜校还是初试，希望主持的人用全力来办，更希望就学的人不要三心两意的闹个半途而废才好。

人和书

"人和书"是个好名字，王楫元先生的小书取了这个名字，见出他的眼光和品味。

人和书，大而言之就是世界。世界上哪一桩事离开了人？又哪一桩事离得了书？我是说世界是人所知的一切。知者是人，自然离不了人；有知必录，便也离不开书。小而言之，人和书就是历史，人和书造成了历史；再小而言之就是传记，就是王先生这本书叙述和评论的。传记有大幅，有小品，有工笔，有漫画。这本书是小品，是漫画。虽然是大大的圈儿里一个小小的圈儿，可是不含糊是在大圈儿里，所叙的虽小，所见的却大。

这本书分三部分。第一部分是传记，第三部分也是片段的传记，第二部分评介的著作还是传记。王先生有意"引起读者研读传记的兴趣"，自序里说得明白。撰录近代和现代名人轶事，所谓笔记小说，传统很长。这个传统移植到报纸上，也已多年。可见一般人原是喜欢这种小品的。但是"五四"以来，"现在"遮掩了"过去"，一般青年人减少了历史的兴味，对于这类小品不免冷淡了些。他们可还喜欢简短零星的文坛消息等等，足见到底不能离开人和书。

自序里希望读者"对于伟大人物，由景慕而进于效法，人人以圣贤自许，猛勇精进"。这是一个宏愿。近来在《美国文摘》里见到一文,叙述一位作家叫小亚吉尔的,如何因《褴褛的狄克》一部书而成名,如何专写贫儿努力致富的故事,风行全国,鼓舞人心。他写的是"工作和胜利,上进和前进的故事",在美国文学中创一新派。他的时代虽然在一九二九年以前就过去了,但是许多自己造就的人都还纪念着他的书的深广的影响。可见文学的确有促进人生的力量。王先生的宏愿是可以达成的,有志者大家自勉好了。

成都诗

据说成都是中国第四大城。城太大了,要指出它的特色倒不易。说是有些像北平,不错,有些个。既像北平,似乎就不成其为特色了?然而不然,妙处在像而不像。我记得一首小诗,多少能够抓住这一点儿,也就多少能够抓住这座大城。

这是易君左先生的诗,题目好像就是"成都"两个字。诗道:

细雨成都路,微尘护落花。据门撑古木,绕屋噪栖鸦。入暮旋收市,凌晨即品茶。承平风味足,楚客独兴嗟。

住过成都的人应该能够领略这首诗的妙处,它抓住了成都的闲味。北平也闲得可以的,但成都的闲是成都的闲,像而不像,非细辨不知。

"绕屋噪栖鸦",自然是那些"据门撑"着的"古木"上栖鸦在噪着。这正是"入暮"的声音和颜色。但是吵着的东南城有时也许听不见,西北城人少些,尤其住宅区的少城,白昼也静悄悄的,该听得清楚那悲凉的叫唤罢。

成都春天常有毛毛雨,而成都花多,爱花的人家也多,毛毛雨的春天倒正是养花天气。那时节真所谓"天街小雨润如酥",路相当好,有点泥滑滑,却不至于"行不得也哥哥"。缓缓的走着,呼吸着新鲜而润泽的空气,叫人闲到心里,骨头里。若是在庭园中踱着,时而看见一些落花,静静的飘在微尘里,贴在软地上,那更闲得没有影儿。

成都旧宅于门前常栽得有一株泡洞树或黄桷树,粗而且大,往往叫人只见树,不见屋,更不见门洞儿。说是"撑",一点儿不冤枉,这些树戆[1]粗偃蹇,老气横秋,北平是见不着的。可是这些树都上了年纪,也只闲闲的"据"着"撑"着而已。

成都收市真早。前几年初到,真搞不惯;晚八点回家,街上铺子便劈排拍拍一片上门声,暗暗淡淡的,够惨。"早睡早起身体好",农业社会的习惯,其实也不错。这儿的人起的也真早,"入暮旋收市,凌晨即品茶",是不折不扣的实录。

北平的春天短而多风尘,人家门前也有树,可是成行的

---

[1] gàng,鲁莽、冒失。

多，独据的少。有茶楼，可是不普及，也不够热闹的。北平的闲又是一副格局，这里无须详论。"楚客"是易先生的自称。他"兴嗟"于成都的"承平风味"。但诗中写出的"承平风味"，其实无伤于抗战；我们该嗟叹的恐怕是别有所在的。我倒是在想，这种"承平风味"战后还能"承"下去不能呢？在工业化的新中国里，成都这座大城该不能老是这么闲着罢。

蛇尾

动手写《引子》的时候，一鼓作气，好像要写成一本书。但是写完了上一段，不觉再三衰竭了。倒底已是秋天，无夏可消，也就"录"不下去了。古人说得好，"乘兴而来，兴尽而返"，只好以此解嘲。这真是蛇尾，虽然并不见虎头。本想写完上段就戛然而止，来个神龙见首不见尾。可是虎头还够不上，还闹什么神龙呢？话说回来，虎头既然够不上，蛇尾也就称不得，老实点，称为蛇足，倒还有个样儿。

1941年

松堂游记

◎ 清华大学实验农场[1]旧影 约1930年

1　1930年,清华大学租用"实业部中央种畜场北平分场"(即香山附近的"松堂牧场")用作农业研究所的实验地。抗战胜利后,又在此基础上,建立了清华农学院。

去年夏天，我们和S君夫妇在松堂住了三日。难得这三日的闲，我们约好了什么事不管，只玩儿，也带了两本书，却只是预备闲得真没办法时消消遣的。

出发的前夜，忽然雷雨大作。枕上颇为怅怅，难道天公这么不做美吗！第二天清早，一看却是个大晴天。上了车，一路树木带着宿雨，绿得发亮，地下只有一些水塘，没有一点尘土，行人也不多。又静，又干净。

想着到还早呢，过了红山头不远，车却停下了。两扇大红门紧闭着，门额是国立清华大学西山牧场。拍了一会门，没人出来，我们正在没奈何，一个过路的孩子说这门上了锁，得走旁门。旁门上挂着牌子，"内有恶犬"。小时候最怕狗，有点趑趄。门里有人出来，保护着进去，一面吆喝着汪汪的群犬，一面只是说，"不碍不碍"。

过了两道小门，真是豁然开朗，别有天地。一眼先是亭亭直上，又刚健又婀娜的白皮松。白皮松不算奇，多得好，你挤着我我挤着你也不算奇，疏得好，要像住宅的院子里，四角上各来上一棵，疏不是？谁爱看？这儿就是院子大得好，就是四方八面都来得好。中间便是松堂，原是一座石亭子改造的，这座亭子高大轩敞，对得起那四围的松树，大理石柱，大理石栏杆，都还好好的，白，滑，冷。白皮松没有多少影子，堂中明窗净几，坐下来清清楚楚觉得自己真太小，在这样高的屋顶下。树影子少，可不热，廊下端详那些松树灵秀的姿态，洁白的皮肤,隐隐的一丝儿凉意便袭上心头。

堂后一座假山,石头并不好,堆叠得还不算傻瓜。里头藏着个小洞,有神龛,石桌,石凳之类。可是外边看,不仔细看不出。得费点心去发现。假山上满可以爬过去,不顶容易,也不顶难。后山有座无梁殿,红墙,各色琉璃砖瓦,屋脊上三个瓶子,太阳里古艳照人。殿在半山,岿然独立,有俯视八极气象。天坛的无梁殿太小,南京灵谷寺的太黯淡,又都在平地上。山上还残留着些旧碉堡,是乾隆打金川时在西山练健锐云梯营用的,在阴雨天或斜阳中看最有味。又有座白玉石牌坊,和碧云寺塔院前那一座一般,不知怎样,前年春天倒下了,看着怪不好过的。

可惜我们来的还不是时候,晚饭后在廊下黑暗里等月亮,月亮老不上,我们什么都谈,又赌背诗词,有时也沉默一会儿。黑暗也有黑暗的好处,松树的长影子阴森森的有点像鬼物拿土。但是这么看的话,松堂的院子还差得远,白皮松也太秀气,我想起郭沫若君《夜步十里松原》那首诗,那才够阴森森的味儿——而且得独自一个人。好了,月亮上来了,却又让云遮去了一半,老远的躲在树缝里,像个乡下姑娘,羞答答的。从前人说:"千呼万唤始出来,犹抱琵琶半遮面。"真有点儿!云越来越厚,由他罢,懒得去管了。可是想,若是一个秋夜,刮点西风也好。虽不是真松树,但那奔腾澎湃的"涛"声也该得听吧。

西风自然是不会来的。临睡时，我们在堂中点上了两三支洋蜡。怯怯的焰子让大屋顶压着，喘不出气来。我们隔着烛光彼此相看，也像蒙着一层烟雾。外面是连天漫地一片黑，海似的。只有远近几声犬吠，教我们知道还在人间世里。

1935年5月15日

《忆》[1]跋

小燕子其实也无所爱,

只是沉浸在朦胧而飘忽的夏夜梦里罢了。

——《忆》第三十五首

  人生若真如一场大梦,这个梦倒也很有趣的。在这个大梦里,一定还有长长短短,深深浅浅,肥肥瘦瘦,甜甜苦苦,无数无数的小梦。有些已经随着日影飞去,有些还远着哩。飞去的梦便是飞去的生命,所以常常留下十二分的惋惜,在人们心里。人们往往从"现在的梦"里走出,追寻旧梦的踪迹,正如追寻旧日的恋人一样;他越过了千重山,万重水,一直地追寻去。这便是"忆的路"。"忆的路"是愈过愈广阔的,是愈过愈平坦的;曲曲折折的路旁,隐现着几多的驿站,是行客们休止的地方。最后的驿站,在白板上写着朱红的大字:儿时。这便

---

1 《忆》,俞平伯的第三本诗集。

◎ 俞平伯[1]

是"忆的路"的起点,平伯君所徘徊而不忍去的。

飞去的梦因为飞去的缘故,一例是甜蜜蜜而又酸溜溜的。这便合成了别一种滋味,就是所谓惆怅。而"儿时的梦"和现在差了一世界,那酝酿着的惆怅的味儿,更其肥腴得可以,真腻得人没法儿!你想那颗一丝不挂欲又爱着一切的童心,眼见得在那隐约的朝雾里,凭你怎样招着你的手儿,总是不回到腔

---

[1] 俞平伯(1900—1990),原名俞铭衡,字平伯。诗人、散文家、古典文学研究家、红学家。清代朴学大师俞樾曾孙。与胡适并称"新红学派"创始人。1919年毕业于北京大学,后在燕京大学、北京大学、清华大学任教。与朱自清等人创办《诗》月刊。著有《红楼梦辨》(《红楼梦研究》)《冬夜》《古槐梦遇》《清词释》《西还》《忆》《雪朝》《燕知草》《杂拌儿》《燕郊集》《唐宋词选释》《俞平伯全集》等作品。

○《忆》插图

子里来，这是多么"缺"呢？于是平伯君觉着闷得慌，便老老实实地、像春日的轻风在绿树间微语一般，低低地，密密地将他的可忆而不可捉的"儿时"诉给你。他虽然不能长住在那"儿时"里，但若能多招呼几个伴侣去徘徊几番，也可略减他的空虚之感，那惆怅的味儿，便不至老在他的舌本上腻着了。

这是他的聊以解嘲的法门，我们都多少能默喻的。

在朦胧的他儿时的梦里，有像红蜡烛的光一跳一跳的，便是爱。他爱故事讲得好的姊姊，他爱唱沙软而重的眠歌的乳母，他爱戴流苏帽儿的她。他也爱翠竹丛里一万的金点子和小枕头边一双小红橘子；也爱红绿色的蜡泪和爸爸的顶大的斗篷；也爱剪啊剪啊的燕子和躲在杨柳里的月亮……他有着纯真的、烂漫的心，凡和他接触的，他都与他们稔熟、亲密——他一例地拥抱了他们。所以他是自然（人也在内）的真朋友！

他所爱的还有一件，也得给你提明的，便是黄昏与夜。他说他将像小燕子一样，沉浸在夏夜梦里，便是分明的自白。在他的"忆的路"上，在他的"儿时"里，满布着黄昏与夜的颜色。夏夜是银白色的，带着栀子花儿的香；秋夜是铁灰色的，有青色的油盏火的微芒；春夜最热闹的是上灯节，有各色灯的辉煌、小烛的摇荡；冬夜是数除夕了，红的、绿的、淡黄的颜色，便是年的衣裳。在这些夜里，他那生活的模样儿啊，短短的身材，肥肥的个儿，甜甜的面孔，有着浅浅的笑窝；这就是他的梦，也正是多么可爱的一个孩子！至于那黄昏，都笼罩着银红衫儿、流苏帽儿的她的朦胧影，自然也是可爱的！但是，他为什么爱夜呢？聪明的你得问了。我说夜是浑融的，夜是神秘的，夜张开了她无长不长的两臂，拥抱着所有的所有的，但你却瞅不着她的面目，摸不着她的下巴，这便因可惊而觉着十三分的可爱。堂堂的白日，界画分明的白日，分割了爱的白日,岂能如她的系着孩子的心呢?夜之国,梦之国,正是孩子的国呀,正是那时的平伯君的国呀!

平伯君说他的忆中所有的即使是薄薄的影,只要它们历历而可画,他便摇动了那风魔了的眷念。他说"历历而可画",原是一句绮语,谁知后来真有为他"历历画出"的子恺君呢?他说"薄薄的影",自是拟谦的话,但这一个"影"字却是以实道实,确切可靠的。子恺君便在影子上着了颜色——若根据平伯君的话推演起来,子恺君可说是厚其所薄了。影子上着了颜色,确乎格外分明——我们不但能用我们的心眼看见平伯君的梦,更能用我们的肉眼看见那些梦,于是更摇动了平伯君以外的我们的风魔了的眷念了。而梦的颜色加添了梦的滋味,便是平伯君自己,因这一画啊,只怕也要重落到那闷人的、腻腻的惆怅之中而难以自解了!至于我,我呢,在这双美之前,只能重复我的那句老话:"我的光荣啊,我若有光荣啊!"

我的儿时现在真只剩下"薄薄的影"。我的"忆的路"几乎是直如矢的,像被大水洗了一般,寂寞到可惊的程度!这大约因为我的儿时实在太单调了,沙漠般展伸着,自然没有我的"依恋"回翔的余地了。平伯君有他的好时光,而以不能重行占领为恨;我是并没有好时光,说不上占领,我的空虚之感是两重的!但人生毕竟是可以相通的。平伯君诉给我们他的"儿时",子恺君又画出了它的轮廓,我们深深领受的时候,就当是我们自己所有的好了。"你的就是我的,我的就是你的",岂止"感情聊胜无"呢?培根说:"读书使人充实。"在另一意义上,你容我说吧,这本小小的书确已使我充实了!

《山野掇拾》[1]

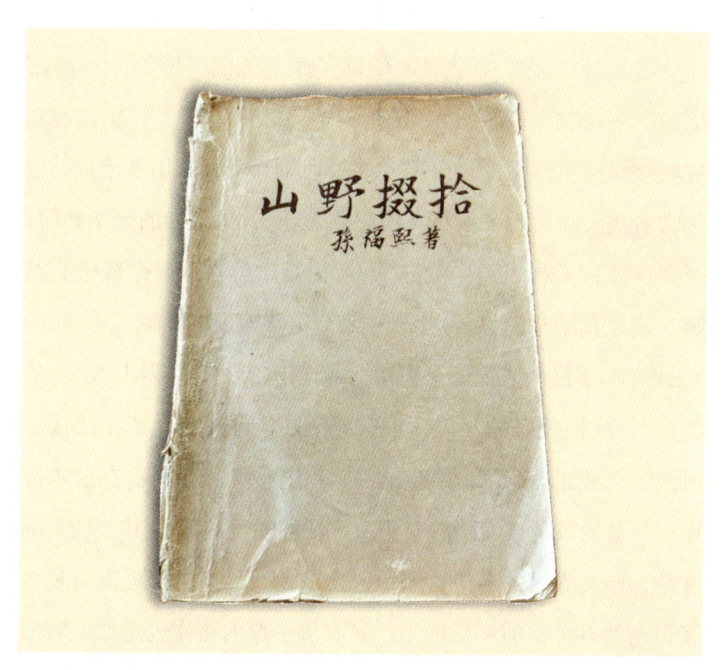

◎《山野掇拾》封面

---

1 《山野掇拾》,孙福熙的游记合集。

我最爱读游记。现在是初夏了;在游记里却可以看见烂漫的春花,舞秋风的落叶……——都是我惦记着,盼望着的!这儿是白马湖;读游记的时候,我却能到神圣庄严的罗马城,纯朴幽静的Loisieux村——都是我羡慕着,想象着的!游记里满是梦:"后梦赶走了前梦,前梦又赶走了大前梦。"[1]这样地来了又去,来了又去;像树梢的新月,像山后的晚霞,像田间的萤火,像水上的箫声,像隔座的茶香,像记忆中的少女,这种种都是梦。我在中学时,便读了康更甡的《欧洲十一国游记》,——实在只有意大利游记——当时做了许多好梦;滂卑故城[2]最是我低徊留恋而不忍去的!那时柳子厚的山水诸记,也常常引我入胜。后来得见《洛阳伽蓝记》,记诸寺的繁华壮丽,令我神往;又得见《水经注》,所记奇山异水,或令我惊心动魄,或让我游目骋怀。(我所谓"游记",意义较通用者稍广,故将后两种也算在内。)这些或记风土人情,或记山川胜迹,或记"美好的昔日",或记美好的今天,都有或浓或淡的彩色,或工或泼的风致。而我近来读《山野掇拾》,和这些又是不同:在这本书里,写着的只是"大陆的一角","法国的一区"[3],并非特著的胜地,脍炙人口的名所;所以一空依傍,所有的好处都只是作者自己的发见!前举几种中,只有柳子厚的诸作也是如此写出

---

1 唐俟先生诗句。

2 今译庞贝古城。

3 序中语。

的；但柳氏仅记风物，此书却兼记文化——如Vicard序中所言。所谓"文化"，也并非在我们平日意想中的庞然巨物，只是人情之美；而书中写Loisieux村的文化，实较风物为更多：这又有以异乎人。而书中写Loisieux村的文化，实在也非写Loisieux村的文化，只是作者孙福熙先生暗暗地巧巧地告诉我们他的哲学，他的人生哲学。所以写的是"法国的一区"，写的也就是他自己！他自己说得好：

我本想尽量掇拾山野风味的，不知不觉的掇拾了许多掇拾者自己。（原书261页。）

但可爱的正是这个"自己"，可贵的也正是这个"自己"！

孙先生自己说这本书是记述"人类的大生命分配于他的式样"的，我们且来看看他的生命究竟是什么式样？世界上原有两种人：一种是大刀阔斧的人，一种是细针密线的人。前一种人真是一把"刀"，一把斩乱麻的快刀！什么纠纷，什么葛藤，到了他手里，都是一刀两断！——正眼也不去瞧，不用说靠他理纷解结了！他行事只看准几条大干，其余的万千枝叶，都一扫个精光；所谓"擒贼必擒王"，也所谓"以不了了之"！英雄豪杰是如此办法：他们所图远大，是不屑也无暇顾念那些琐细的节目！蠢汉笨伯也是如此办法，他们却只图省事！他们的思力不足，不足剖析入微，鞭辟入里；如两个小儿争闹，做父亲的更不思索，便照例每人给一个耳光！这真是"不亦快哉"！但你我若既不能为英雄豪杰，又不甘做蠢汉笨伯，便自然而然只能企图做后一种人。这种人凡事要问底细;"打破沙缸问到底!还要问沙缸从哪里起?"[1]他们于一言一动之微,一沙一石之细,都不轻轻放过!从前人将桃核雕成一只船,船上有苏东坡,黄鲁直,佛印等;或于元旦在一粒芝麻上写"天下太平"四字,以验目力,便是这种脾气的一面。他们不注重一千一万,而注意一毫一厘;他们觉得这一毫一厘便是那一千一万的具体而微——只要将这一毫一厘看得透彻,正和照相的放大一样,其余也可想见了。他们所以于每事每物,必要拆开来看,拆穿来看;无论锱铢之别,淄渑之辨,总要看出而后已,正如显微镜一样。这样可以辨出许多新异的滋味,乃是他们独得的秘密!总之,他们对于怎样微渺的事物,都觉吃惊;而常人则熟视无睹!故他们是常人而又有以异乎常人。这两种人——孙先生,画家,若容我用中国画来比,我将说前者是"泼笔",后者是"工笔"。孙先生自己是"工笔",是后一种人。他的朋友号他为"细磨细琢的春台",真不错,他的全部都在这儿了!他纪念他的姑母和父亲,他说他们以细磨细琢的工夫传授给他,然而他远不如他们了。从他的父亲那里,他"知道一句话中,除字面上的意思之外,还有别的话在这里边,只听字面,还远不能听懂说话音的意思哩"[2]。这本书的长处,也

---

[1] 系我们的土话。
[2] 《山野掇拾》原书171页,1925年上海北新书局出版,下同。

就在"别的话"这一点；乍看岂不是淡淡的？缓缓咀嚼一番，便会有浓密的滋味从口角流出！你若看过瀼瀼的朝露，皱皱的水波，茫茫的冷月；薄薄的女衫，你若吃过上好的皮丝，鲜嫩的毛笋，新制的龙井茶；你一定懂得我的话。

我最觉得有味的是孙先生的机智。孙先生收藏的本领真好！他收藏着怎样多的虽微末却珍异的材料，就如慈母收藏果饵一样；偶然拈出一两件来，令人惊异他的富有！其实东西本不稀奇，经他一收拾，便觉不凡了。他于人们忽略的地方，加倍地描写，使你于平常身历之境，也会有惊异之感。他的选择的工夫又高明；那分析的描写与精彩的对话，足以显出他敏锐的观察力。所以他的书既富于自己的个性，一面也富于他人的个性，无怪乎他自己也会觉得他的富有了。他的分析的描写含有论理的美，就是精严与圆密；像一个扎缚停当的少年武士，英姿飒爽而又妩媚可人！又像医生用的小解剖刀，银光一闪，骨肉判然！你或者觉得太琐屑了，太腻烦了；但这不是腻烦和琐屑，这乃是悠闲（Idle）。悠闲也是人生的一面，其必要正和不悠闲一样！他的对话的精彩，也正在悠闲这一面！这才真是Loisieux村人的话，因为真的乡村生活是悠闲的。他在这些对话中，介绍我们面晤一个个活泼泼的Loisieux村人！总之，我们读这本书，往往能由几个字或一句话里，窥见事的全部，人的全性；这便是我所谓"孙先生的机智"了。孙先生是画家。

他从前有过一篇游记,以"画"名文,题为《赴法途中漫画》[1];篇首有说明,深以作文不能如作画为恨。其实他只是自谦;他的文几乎全是画,他的作文便是以文字作画!他叙事,抒情,写景,固然是画;就是说理,也还是画。人家说"诗中有画",孙先生是文中有画;不但文中有画,画中还有诗,诗中还有哲学。

我说过孙先生的画工,现在再来说他的诗意——画本是"无声诗"呀。他这本书是写民间乐趣的;但他有些什么乐趣呢?采葡萄的落后是一;画风柳,纸为风吹,画瀑布,纸为水溅是二;与绿的蚱蜢,黑的蚂蚁等"合画"是三。这些是他已经说出的,但重要的是那未经说出的"别的话";他爱村人的性格,那纯朴,温厚,乐天,勤劳的性格。他们"反直不想与人相打";他们不畏缩,不鄙夷,爱人而又自私,藏匿而又坦白;他们只是作工,只是太作工,"真的不要自己的性命!"[2]——非为衣食,也非不为衣食,只是浑然的一种趣味。这些正都是他们健全的地方!你或者要笑他们没有理想,如书中R君夫妇之笑他们雇来的工人[3];但"没有理想"的可笑,不见得比"有理想"的可笑更甚——在现在的我们,"原始的"与"文化的"实觉得一般可爱。而这也并非全为了对比的趣

---

1 曾载《晨报副刊》及《新潮》。
2 原书124页。
3 原书128页。

味,"原始的"实是更近于我们所常读的诗,实是"别有系人心处"!譬如我读这本书,就常常觉得是在读面熟得很的诗!"村人的性格"还有一个"联号",便是"自然的风物",孙先生是画家,他之爱自然的风物,是不用说的;而自然的风物便是自然的诗,也似乎不用说的。孙先生是画家,他更爱自然的动象,说也是一种社会的变幻。他爱风吹不绝的柳树,他爱水珠飞溅的瀑布,他爱绿的蚱蜢,黑的蚂蚁,赭褐的六足四翼不曾相识的东西;它们虽怎样地困苦他,但却是活的画,生命的诗!——在人们里,他最爱老年人和小孩子。他敬爱辛苦一生至今扶杖也不能行了的老年人,他更羡慕见火车而抖的小孩子[1]。是的,老年人如已熟的果树,满垂着沉沉的果实,任你去摘了吃;你只要眼睛亮,手法好,必能果腹而回!小孩子则如刚打朵儿的花,蕴藏着无穷的允许:这其间有红的,绿的,有浓的,淡的,有小的,大的,有单瓣的,重瓣的,有香的,有不香的,有努力开花的,有努力结实的——结女人脸的苹果,黄金的梨子,珠子般的红樱桃,璎珞般的紫葡萄……而小姑娘尤为可爱!——读了这本书的,谁不爱那叫喊尖利的"啊"的小姑娘呢?其实胸怀润朗的人,什么于他都是朋友:他觉得一切东西里都有些意思,在习俗的衣裳底下,躲藏着新鲜的身体。凭着这点意思去发展自己的生活,便是诗的生活。"孙先

---

[1] 原书253页。

生的诗意",也便在这儿。

在这种生活的河里伏流着的,便是孙先生的哲学了。他是个含忍与自制的人,是个中和的(Moderate)人;他不能脱离自己,同时却也理会他人。他要"尽量的理会他人的苦乐,——或苦中之乐,或乐中之苦,——免得眼睛生在额上的鄙夷他人,或胁肩谄笑的阿谀他人"[1]。因此他论城市与乡村,男子与女子,团体与个人,都能寻出他们各自的长处与短处。但他也非一味宽容的人,像"烂面糊盆"一样;他是不要阶级的,他同情于一切——便是牛也非例外!他说:

> 我们住在宇宙的大乡土中,一切孩儿都在我们的心中;没有一个乡土不是我的乡土,没有一个孩儿不是我的孩儿!(原书64页。)

这是最大的"宽容",但是只有一条路的"宽容"——其实已不能叫做"宽容"了。在这"未完的草稿"的世界之中,他虽还免不了疑虑与鄙夷,他虽鄙夷人间的争闹,以为和三个小虫的权利问题一样;[2]但他到底能从他的"泪珠的镜中照见自己以至于一切大千世界的将来的笑影了"[3]。他相信大生命是有希望的;他相信便是那"没有果实,也没有花"的老苹果树,那"只有折断而且曾经枯萎的老干上所生的稀少的枝叶"的老

1　原书265页。

2　原书139页。

3　原书159—160页。

苹果树。"也预备来年开得比以前更繁荣的花，结得更香美的果！"[1]在他的头脑里，世界是不会陈旧的，因为他能够常常从新做起；他并不长嘘短叹，叫着不足，他只尽他的力做就是了。他教中国人不必自馁；[2]真的，他真是个不自馁的人！他写出这本书是不自馁，他别的生活也必能不自馁的！或者有人说他的思想近乎"圆通"，但他的本意只是"中和"，并无容得下"调和"的余地；他既"从来不会做所谓漂亮及出风头的事"[3]，自然只能这样缓缓地锲而不舍地去开垦他的乐土！这和他的画笔，诗情，同为他的"细磨细琢的功夫"的表现。

书中有孙先生的几幅画。我最爱《在夕阳的抚弄中的湖景》一幅；那是色彩的世界！而本书的装饰与安排，正如湖景之因夕阳抚弄而可爱，也因孙先生抚弄（若我猜得不错）而可爱！在这些里，我们又可以看见"细磨细琢的春台"呢。

1925年6月9日

---

[1] 原书228页。

[2] 原书51—52页。

[3] 原书60页。

重庆行记

这回暑假到成都看看家里人和一些朋友,路过陪都,停留了四日。每天真是东游西走,几乎车不停轮,脚不停步。重庆真忙,像我这个无事的过客,在那大热天里,也不由自主的好比在旋风里转,可见那忙的程度。这倒是现代生活现代都市该有的快拍子。忙中所见,自然有限,并且模糊而不真切。但是换了地方,换了眼界,自然总觉得新鲜些,这就乘兴记下了一点儿。

飞

我从昆明到重庆是飞的。人们总羡慕海阔天空,以为一片茫茫,无边无界,必然大有可观。因此以为坐海船坐飞机是"不亦快哉!"其实也未必然。晕船晕机之苦且不谈,就是不晕的人或不晕的时候,所见虽大,也未必可观。海洋上见的往往是一片汪洋，水，水，水。当然有浪，但是浪小了无可看，大了无法看——那时得躲进舱里去。船上看浪，远不如岸上，更不如高处。海洋里看浪，也不如江湖里，海洋里只是水，只是浪，显不出那大气力。江湖里有的是遮遮碍碍的，山哪，城哪，什么的，倒容易见出一股劲儿。"江间波浪兼天涌"为的是巫峡勒住了江水；"波撼岳阳城"，得有那岳阳城，并且得在那岳阳城楼上看。

不错，海洋里可以看日出和日落，但是得有运气。日出和日落全靠云霞烘托才有意思。不然，一轮呆呆的日头简直是个大傻瓜！云霞烘托虽也常有，但往往淡淡的，懒懒的，那还是没意思。得浓，得变，一眨眼一个花样，层出不穷，才有看头。这是可遇而不可求的。平生只见过两回的落日，都在陆上，不在水里。水里看见的，日出也罢，日落也罢，只是些傻瓜而已。这种奇观若是有意为之，大概白费气力居多。有一次大家在衡山上看日出，起了个大清早等着。出来了，出来了，有些人跳着嚷着。那时一丝云彩没有，日光直射，教人睁不开眼，不知那些人看到了些什么，那么跳跳嚷嚷的。许是在自己催眠吧。自然，海洋上也有美丽的日落和日出，见于记载的也有。但是得有运气，而有运气的并不多。

赞叹海的文学，描摹海的艺术，创作者似乎是在船里的少，在岸上的多。海太大太单调，真正伟大的作家也许可以单刀直入，一般离了岸却掉不出枪花来，像变戏法的离开了道具一样。这些文学和艺术引起未曾航海的人许多幻想，也给予已经航海的人许多失望。天空跟海一样，也大也单调。日月星的，云霞的文学和艺术似乎不少，都是下之视上，说到整个儿天空的却不多。星空，夜空还见点儿，昼空除了"青天""明蓝的晴天"或"阴沉沉的天"一类词儿之外，好像再没有什么说的。但是初次坐飞机的人虽无多少文学艺术的背景帮助他的想象，却总还有那"天宽任鸟飞"的想象；加上别人的经验，上之视下，似乎不只是苍苍而已，也有那翻腾的云海，也有那平铺的锦绣。这就够揣摩的。

但是坐过飞机的人觉得也不过如此，云海飘飘拂拂的弥漫了上下四方，的确奇。可是高山上就可以看见；那可以是云海外看云海，似乎比飞机上云海中看云海还清切些。苏东坡说得好："不识庐山真面目，只缘身在此山中。"飞机上看云，有时却只像一堆堆破碎的石头，虽也算得天上人间，可是我们还是愿看流云和停云，不愿看那死云，那荒原上的乱石堆。至于锦绣平铺，大概是有的，我却还未眼见。我只见那"亚洲第一大水扬子江"可怜得像条臭水沟似的。城市像地图模型，房屋像儿童玩具，也多少给人滑稽感。自己倒并不觉得怎样藐小，却只不明白自己是什么玩意儿。假如在海船里有时会觉得自己是傻子，在飞机上有时便会觉得自己是丑角吧。然而飞机快是真的，两点半钟，到重庆了，这倒真是个"不亦快哉"！

热

昆明虽然不见得四时皆春，可的确没有一般所谓夏天。今年直到七月初，晚上我还随时穿上衬绒袍。飞机在空中走，一直不觉得热，下了机过渡到岸上，太阳晒着，也还不觉得怎样热。在昆明听到重庆已经很热。记得两年前端午节在重庆一间屋里坐着，什么也不做，直出汗，那是一个时雨时晴的日子。想着一下机必然汗流浃背，可是过渡花了半点钟，满晒在太阳里，汗珠儿也没有沁出一个。后来知道前两天刚下了雨，天气的确清凉些，而感觉既远不如想象之甚，心里也的确清凉些。

滑竿沿着水边一线的泥路走，似乎随时可以滑下江去，然而毕竟上了坡。有一个坡很长，很宽，铺着大石板。来往的人很多，他们穿着各样的短衣，摇着各样的扇子，真够热闹的。片段的颜色和片段的动作混成一幅斑驳陆离的画面，像出于后期印象派之手。我赏识这幅画，可是好笑那些人，尤其是那些扇子。那些扇子似乎只是无所谓的机械的摇着，好像一些无事忙的人。当时我和那些人隔着一层扇子，和重庆也隔着一层扇子，也许是在滑竿儿上坐着，有人代为出力出汗，会那样心地清凉罢。

第二天上街一走，感觉果然不同，我分到了重庆的热了。扇子也买在手里了。穿着成套的西服在大太阳里等大汽车，等到了车，在车里挤着，实在受不住，只好脱了上装，摺起挂在膀子上。有一两回勉强穿起上装站在车里,头上脸上直流汗,手帕子简直揩抹不及,眉毛上,眼镜架上常有汗偷偷的滴下。这偷偷滴下的汗最教人担心,担心它会滴在面前坐着的太太小姐的衣服上,头脸上,就不是太太小姐,而是绅士先生,也够那个的。再说若碰到那脾气躁的人,更是吃不了兜着走。曾在北平一家戏园里见某甲无意中碰翻了一碗茶,泼些在某乙的竹布长衫上,某甲直说好话,某乙却一声不响的拿起茶壶向某甲身上倒下去。碰到这种人,怕会大闹街车,而且是越闹越热,越热越闹,非到宪兵出面不止。

话虽如此,幸而倒没有出什么岔儿,不过为什么偏要白白的将上装挂在膀子上,甚至还要勉强穿上呢?大概是为的绷一手儿罢。在重庆人看来,这一手其实可笑,他们的夏威夷短裤儿照样绷得起,何必要多出汗呢?这儿重庆人和我到底还隔着一个心眼儿。再就说防空洞罢,重庆的防空洞,真是大大有名、死心眼儿的以为防空洞只能防空,想不到也能防热的,我看沿街的防空洞大半开着,洞口横七竖八的安些床铺、马札子、椅子、凳子,横七竖八的坐着、躺着各样衣着的男人、女人。在街心里走过,瞧着那懒散的样子,未免有点儿烦气。这自然是死心眼儿,但是多出汗又好烦气,我似乎倒比重庆人更感到重庆的热了。

行

衣食住行，为什么却从行说起呢？我是行客，写的是行记，自然以为行第一。到了重庆，得办事，得看人，非行不可，若是老在屋里坐着，压根儿我就不会上重庆来了。再说昆明市区小，可以走路；反正住在那儿，这回办不完的事，还可以留着下回办，不妨从从容容的，十分忙或十分懒的时候，才偶尔坐回黄包车、马车或公共汽车。来到重庆可不能这么办，路远、天热、日子少、事情多，只靠两腿怎么也办不了。况这儿的车又相应、又方便，又何乐而不坐坐呢？

前几年到重庆，似乎坐滑竿最多，其次黄包车，其次才是公共汽车。那时重庆的朋友常劝我坐滑竿，因为重庆东到西长，有一圈儿马路，南到北短，中间却隔着无数层坡儿。滑竿可以爬坡，黄包车只能走马路，往往要兜大圈子。至于公共汽车，常常挤得水泄不通，半路要上下，得费出九牛二虎之力，所以那时我总是起点上终点下的多，回数自然就少。坐滑竿上下坡，一是脚朝天，一是头冲地，有些惊人，但不要紧，滑竿夫倒把得稳。从前黄包车下打铜街那个坡，却真有惊人的着儿，车夫身子向后微仰，两手紧压着车把，不拉车而让车子推着走，脚底下不由自主的忽紧忽慢，看去有时好像不点地似的，但是一个不小心，压不住车把，车子会翻过去，那时真的是脚不点地了，这够险的。所以后来黄包车禁止走那条街，滑

◎ 民国老照片 1917年，两名轿夫用滑竿抬着一名士兵

竿现在也限制了，只准上坡时坐。可是公共汽车却大进步了。

  这回坐公共汽车最多，滑竿最少。重庆的公用汽车分三类，一是特别快车，只停几个大站，一律廿五元，从哪儿坐到哪儿都一样，有些人常拣那候车人少的站口上车，兜个圈子回到原处，再向目的地坐；这样还比走路省时省力，比雇车省时省力省钱。二是专车，只来往政府区的上清寺和商业区的都邮街之间，也只停大站，廿五元。三是公共汽车，站口多，这回没有坐，好像一律十五元，这种车比较慢，行客要的是快，所以我没有坐。慢固然因停的多，更因为等的久。重庆汽车，现在很有秩序了，大家自动的排成单行，依次而进，坐位满人，卖票人便宣布还可以挤几个，意思是还可以"站"几个。这时愿意站的可以上前去，不妨越次，但是还得一个跟一个"挤"满了，卖票宣布停止，叫等下次车，便关门吹哨子走了。公共汽车站多价贱，排班老是很长，在腰站上，一次车又往往上不了几个，因此一等就是二三十分钟，行客自然不能那么耐着性儿。

衣

二十七年春初过桂林，看见满街都是穿灰布制服的，长衫极少，女子也只穿灰衣和裙子。那种整齐，利落，朴素的精神，叫人肃然起敬；这是有训练的公众。后来听说外面人去得多了，长衫又多起来了。国民革命以来，中山服渐渐流行，短衣日见其多，抗战后更其盛行。从前看不起军人，看不惯洋人，短衣不愿穿，只有女人才穿两截衣，哪有堂堂男子汉去穿两截衣的。可是时世不同了，男子倒以短装为主，女子反而穿一截衣了。桂林长衫增多，增多的大概是些旧长衫，只算是回光返照。可是这两三年各处却有不少的新长衫出现，这是因为公家发的平价布不能做短服，只能做长衫，是个将就局儿。相信战后材料方便，还要回到短装的，也是一种现代化。

◎ 照片记忆，四川成都的川军，军阀乱战下的荒凉残破

四川民众苦于多年的省内混战，对于兵字深恶痛绝，特别称为"二尺五"和"棒客"，列为一等人。我们向来有"短衣帮"的名目，是泛指，"二尺五"却是特指，可都是看不起短衣。四川似乎特别看重长衫，乡下人赶场或入市，往往头缠白布，脚登草鞋，身上却穿着青布长衫。是粗布，有时很长，又常东补一块，西补一块的，可不含糊是长衫。也许向来是天府之国，衣食足而后知礼义，便特别讲究仪表，至今还留着些流风余韵罢？然而城市中人却早就在赶时髦改短装了。短装原是洋派，但是不必遗憾，赵武灵王不是改了短装强兵强国吗？短装至少有好些方便的地方：夏天穿个衬衫短裤就可以大模大样

的在街上走，长衫就似乎不成。只有广东天热，又不像四川在意小节，短衫裤可以行街。可是所谓短衫裤原是长裤短衫，广东的短衫又很长，所以还行得通，不过好像不及衬衫短裤的派头。

不过衬衫短裤似乎到底是便装，记得北平有个大学开教授会，有一位教授穿衬衫出入，居然就有人提出风纪问题来。三年前的夏季，在重庆我就见到有穿衬衫赴宴的了，这是一位中年的中级公务员，而那宴会是很正式的，座中还有位老年的参政员。可是那晚的确热，主人自己脱了上装，又请客人宽衣，于是短衫和衬衫围着圆桌子，大家也就一样了。西服的客人大概搭着上装来，到门口穿上，到屋里经主人一声"宽衣"，便又脱下，告辞时还是搭着走。其实真是多此一举，那么热还绷个什么呢？不如衬衫入座倒干脆些。可是中装的却得穿着长衫来去，只在室内才能脱下。西服客人累累赘赘带着上装，倒可以陪他们受点儿小罪，叫他们不至于因为这点不平而对于世道人心长吁短叹。

战时一切从简，衬衫赴宴正是"从简"。"从简"提高了便装的地位，于是乎造成了短便装的风气。先有皮茄克，春秋冬三季（在昆明是四季），大街上到处都见，黄的、黑的、拉练的、扣钮的、收底的、不收底边的，花样繁多。穿的人青年中年不分彼此，只除了六十以上的老头儿。从前穿的人多少带些个"洋"关系，现在不然，我曾在昆明乡下见过一个种地的，穿的正是这皮茄克,虽然旧些。不过还是司机穿的最早,这成个司机文化一个重要项目。皮茄克更是哪儿都可去,昆明我的一位教授朋友,就穿着一件老皮茄克教书、演讲、赴宴、参加典礼,到重庆开会,差不多是皮茄克为记。这位教授穿皮茄克,似乎在学晏子穿狐裘,三十年就靠那一件衣服,他是不是赶时髦,我不能冤枉人,然而皮茄克上了运是真的。

再就是我要说的这两年至少在重庆风行的夏威夷衬衫,简称夏威夷衫,最简称夏威衣。这种衬衫创自夏威夷,就是檀香山,原是一种土风。夏威夷岛在热带,译名虽从音,似乎也兼义。夏威夷衣自然只宜于热天,只宜于有"夏威"的地方,如中国的重庆等。重庆流行夏威衣却似乎只是近一两年的事。去年夏天一位朋友从重庆回到昆明,说是曾看见某首长穿着这种衣服在别墅的路上散步,虽然在黄昏时分,我的这位书生朋友总觉得不大像样子。今年我却看见满街都是的,这就是所谓上行下效罢?

夏威衣翻领像西服的上装,对襟面袖,前后等长,不收底边,不开岔儿,比衬衫短些。除了翻领,简直跟中国的短衫或小衫一般无二。但短衫穿不上街,夏威衣即可堂哉皇哉在重庆市中走来走去。那翻领是具体而微的西服,不缺少洋味,至于凉快,也是有的。夏威衣的确比衬衫通风;而看起来飘飘然,心上也爽利。重庆的夏威衣五光十色,好像白绸子黄卡机居多,土布也有,绸的便更见其飘飘然,配长裤的好像比配短裤的多一些。在人行道上有时通过持续来了三五件夏威衣,一阵飘过去似的,倒也别有风味,参差零落就差点劲儿。夏威衣在重庆似乎比皮茄克还普遍些,因为便宜得多,但不知也会像皮茄克那样上品否。到了成都时,宴会上遇见一位上海新来的青年衬衫短裤入门,却不喜欢夏威衣(他说上海也有),说是无礼貌。这可是在成都、重庆人大概不会这样想吧?

1944年9月7日

南行通信

在北平整整待了三年半,除去年冬天丢了一个亲人是一件不可弥补的损失外,别的一切,感谢——照例应该说感谢上苍,但现在都不知应该说谁好了,只好姑且从缺吧——总算平平安安过去了。这三年半是中国多事的时候,但是我始终没离开北平一步,也总算是幸福了,虽然我只想到了个人。

在我,也许可以说在我们这一些人吧,北平实在是意想中中国唯一的好地方。几年前周启明先生就写过,北平是中国最好的居住的地方,孙春台先生也有《北平乎》一文,称颂北平的好处,这几年时代是大变了,但是我的意见还是和他们一样。一个地方的好处,也和一个人一件东西的相同,平时不大觉得,到离开或丢失时,便一桩桩一件件分明起来了。我现在来说几句北平的好话,在你们北平住着的,或者觉得可笑,说我多此一举吧?

北平第一好在大。从宫殿到住宅的院子,到槐树柳树下的道路。一个北方朋友到南方去了回来,说他的感想:"那样天

◎ 北京传统的四合院,1945年,海达·莫理循 摄影

并我受不了！"其实南方许多地方逼得人喘不出气儿的街道，也是北平生人受不了的。至于树木，不但大得好，而且也多得好。有人从飞机上看，说北平只是一片绿。一个人到北平来住，不知不觉中眼光会宽起来，心胸就会广起来。我常想小孩子最宜在北平养大，便是为此。北平之所以大，因为它做了几百年的首都，它的怀抱里拥有各地各国的人，各色各样的人，更因为这些人合力创造或输入的文化。上海也是五方杂处的都会，但它仅有工商业，我们便只觉得繁嚣、恶浊了。上海人有的是聪明、狡猾，但宽大是他们不懂得的。

北平第二好在深。我们都知道北平书多。但是书以外，好东西还多着。如书画、铜器、石刻、拓片，乃至瓷器、玉器等，公家收藏固已很丰富，私人搜集，也各有专长；而内阁大库档案，是极珍贵的近代史料，也是尽人皆知的。中国历史，语言、文学、美术的文物荟萃于北平，这几项的人才也大部分集中在这里。北平的深，在最近的将来，是还不可测的。胡适之先生说过，北平的图书馆有这么多，上海却只有一个，还不是公立的。这也是北平上海重要的不同。

北平第三好在闲。假如上海可说是代表近代的，北平便是代表中古的。北平的一切总有一种悠然不迫的味儿。即如电车吧，在上海是何等地风驰电掣，有许多人上下车都是跳的。北平的车子在宽阔的路上走着，似乎一点儿也不忙。晚九点以后，确是走得快起来了；但车上已只剩疏朗朗的几个人，像是

◎ 国立北平图书馆[1]

乘汽车兜风一般，也还是一点儿不觉忙的——有时从东长安街槐林旁驰过，茂树疏灯相掩映着，还有些飘飘然之感呢。北平真正的闲人其实也很少，但大家骨子里总有些闲味儿。我也喜欢近代的忙，对于中古的闲却似乎更亲近些。但这也许就因为待在北平太久的缘故吧。

写到这里看看，觉得自己似乎将时代忘记了。我所称赞的似乎只是封建的遗存，是"布尔"或小"布尔"的玩意儿，而

1　1926年10月，民国教育部通知将京师图书馆更名为国立京师图书馆；1928年6月，北京改称北平，国立京师图书馆也随之更名为国立北平图书馆。

现在据说非"普罗"起来不可,这可有点儿为难。我实在爱北平,我所爱的北平是如上面说的。我没有或不能"获得""普罗"的"意识形态",我也不能"克服"我自己,结果怕只该不说话或不说真话。不说话本来没有什么不可以,不过说话大约在现在也还不能就算罪过吧。至于撒谎,则我可以婉转地说,"我还没有那种艺术",或干脆地说,"我还没有那种勇气"!好在我这通信是写给一些朋友的,让他们看我的真话,大约是还不要紧的。

我现在是一个人在北平,这回是回到老家去。但我一点儿不觉着是回家,一切都像出门作客似的。北平已成了我精神上的家,没有走就想着回来。预定去五个礼拜,但想着南方的天井,潮湿和蚊子,也许一个月就回来了。说到潮湿,我在动身这一天,却有些恨北平。每年夏季,北平照例是要有几回大雨的,往往连下几天不止。前些日子在一个宴会里,有人问我到什么地方避暑去,我回答说要到上海去,他知道上海不是避暑的地方。我却知道他是需要避暑的,就问,是北戴河么?他答应了之后,说:北平太热了,而且照例的雨快要来了,没有意思!我当时大约说了"是",但实在并不知道北平夏天的雨究竟怎样没有意思!我去年曾坐在一间大屋中看玻璃帘外的夏雨,又走到廊下看院中的流水,觉得也还有些意思的。但这回却苦坏了我。不先不后,今夏的雨期恰在我动身这天早晨起头!那种滂沱不止的雨,对于坐在大屋中的我也许不坏,但对于正要开始已生疏了的旅行生活的我，却未免是一种虐政了。我这样从西郊淋进了北平城，在恨恨中睡了一觉。醒来时雨倒住了，我便带着这些阴郁的心情搭早车上天津来了。

7月10日，天津丸中

某君南去时，我请他写点通信来，现在以付此"草"，希望"源源"而来。他赶大暑中往江南去，将以受了热而怪张怪李，却难说。此文对于北平，虽怀恋的成分多，颇有相当的平允的。惟末段引需要避暑的某君的话，咒诅北平的雨，却未必尽然。我以为不如咒诅香炉灰式的道路。

7月19日平记

初到清华记

从前在北平读书的时候,老在城圈儿里呆着。四年中虽也游过三五回西山,却从没来过清华;说起清华,只觉得很远很远而已。那时也不认识清华人,有一回北大和清华学生在青年会举行英语辩论,我也去听。清华的英语确是流利得多,他们胜了。那回的题目和内容,已忘记干净;只记得复辩时,清华那位领袖很神气,引着孔子的什么话。北大答辩时,开头就用了 furiously 一个字叙述这位领袖的态度。这个字也许太过,但也道着一点儿。那天清华学生是坐大汽车进城的,车便停在青年会前头;那时大汽车还很少。那是冬末春初,天很冷。一位清华学生在屋里只穿单大褂,将出门却套上厚厚的皮大氅。这种"行"和"衣"的路数,在当时却透着一股标劲儿。

初来清华,在十四年夏天。刚从南方来北平,住在朝阳门边一个朋友家。那时教务长是张仲述先生,我们没见面。我写信给他,约定第三天上午去看他。写信时也和那位朋友商量过,十点赶得到清华么,从朝阳门那儿?他那时已经来过一

◎ 1930年，清华二校门

次，但似乎只记得"长林碧草"，——他写到南方给我的信这么说——说不出路上究竟要多少时候。他劝我八点动身，雇洋车直到西直门换车，免得老等电车，又换来换去的，耽误事。那时西直门到清华只有洋车直达；后来知道也可以搭香山汽车到海甸[1]再乘洋车，但那是后来的事了。

第三天到了，不知是起得晚了些还是别的，跨出朋友家，已经九点挂零。心里不免有点儿急，车夫走的也特别慢似的。到西直门换了车。据车夫说本有条小路，雨后积水，不通了；那只得由正道了。刚出城一段儿还认识，因为也是去万牲园的路；以后就茫然。到黄庄的时候，瞧着些屋子，以为一定是海甸了；心里想清华也就快到了吧，自己安慰着。快到真的海甸时，问车夫，"到了吧？""没哪。这是海——甸。"这一下更茫然了。海甸这么难到，清华要何年何月呢？而车夫说饿了，非得买点儿吃的。吃吧，反正豁出去了。这一吃又是十来分钟。说还有三里多路呢。那时没有燕京大学，路上没什么看的，只有远处淡淡的西山——那天没有太阳——略略可解闷儿。好容易过了红桥，喇嘛庙，渐渐看见两行高柳，像穹门一般。什刹海的垂杨虽好，但没有这么多这么深，那时路上只有我一辆车，大有长驱直入的神气。柳树前一面牌子，写着"入校车马缓行"；这才真到了，心里想，可是大门还够远的，不

---

1 即海淀。海甸，北京海淀区的旧称谓。

用说西院门又骗了我一次，又是六七分钟，才真真到了。坐在张先生客厅里一看钟，十二点还欠十五分。

张先生住在乙所，得走过那"长林碧草"，那浓绿真可醉人。张先生客厅里挂着一副有正书局印的邓完白隶书长联。我有一个会写字的同学，他喜欢邓完白，他也有这一副对联；所以我这时如见故人一般。张先生出来了。他比我高得多，脸也比我长得多，一眼看出是个顶能干的人。我向他道歉来得太晚，他也向我道歉，说刚好有个约会，不能留我吃饭。谈了不大工夫，十二点过了，我告辞。到门口，原车还在，坐着回北平吃饭去。过了一两天，我就搬行李来了。这回却坐了火车，是从环城铁路朝阳门站上车的。

以后城内城外来往的多了，得着一个诀窍；就是在西直门一上洋车，且别想"到"清华，不想着不想着也就到了。——香山汽车也搭过一两次，可真够瞧的，两条腿有时候简直无放处，恨不得不是自己的。有一回，在海甸下了汽车，在现在"西园"后面那个小饭馆里，拣了临街一张四方桌，坐在长凳上，要一碟苜蓿肉，两张家常饼，二两白玫瑰，吃着喝着，也怪有意思；而且还在那桌上写了《我的南方》一首歪诗。那时海甸到清华一路常有穷女人或孩子跟着车要钱。他们除"您修好"等等常用语句外，有时会说"您将来做校长"，这是别处听不见的。

1936年3月

桨声灯影里的秦淮河

一九二三年八月的一晚,我和平伯同游秦淮河;平伯是初泛,我是重来了。我们雇了一只"七板子",在夕阳已去,皎月方来的时候,便下了船。于是桨声汩——汩,我们开始领略那晃荡着蔷薇色的历史的秦淮河的滋味了。

秦淮河里的船,比北京万牲园、颐和园的船好,比西湖的船好,比扬州瘦西湖的船也好。这几处的船不是觉着笨,就是觉着简陋、局促;都不能引起乘客们的情韵,如秦淮河的船一样。秦淮河的船约略可分为两种:一是大船;一是小船,就是所谓"七板子"。大船舱口阔大,可容二三十人。里面陈设着字画和光洁的红木家具,桌上一律嵌着冰凉的大理石面。窗格雕镂颇细,使人起柔腻之感。窗格里映着红色蓝色的玻璃;玻璃上有精致的花纹,也颇悦人目。"七板子"规模虽不及大船,但那淡蓝色的栏干,空敞的舱,也足系人情思。而最出色处却在它的舱前。舱前是甲板上的一部,上面有弧形的顶,两边用疏疏的栏干支着。里面通常放着两张藤的躺椅。躺下,可以谈

◎ 1929年，秦淮河上迷人的风光

天，可以望远，可以顾盼两岸的河房。大船上也有这个，便在小船上更觉清隽罢了。舱前的顶下，一律悬着灯彩；灯的多少，明暗，彩苏的粗精，艳晦，是不一的。但好歹总还你一个灯彩。这灯彩实在是最能钩人的东西。夜幕垂垂地下来时，大小船上都点起灯火。从两重玻璃里映出那辐射着的黄黄的散光，反晕出一片朦胧的烟霭；透过这烟霭，在黯黯的水波里，又逗起缕缕的明漪。在这薄霭和微漪里，听着那悠然的间歇的桨声，谁能不被引入他的美梦去呢？只愁梦太多了，这些大小船儿如何载得起呀？我们这时模模糊糊的谈着明末的秦淮河的艳迹，如《桃花扇》及《板桥杂记》里所载的。我们真神往了。我们仿佛亲见那时华灯映水，画舫凌波的光景了，于是我们的船便成了历史的重载了。我们终于恍然秦淮河的船所以雅丽过于他处，而又有奇异的吸引力的，实在是许多历史的影像使然了。

秦淮河的水是碧阴阴的；看起来厚而不腻，或者是六朝金粉所凝么？我们初上船的时候，天色还未断黑，那漾漾的柔波是这样的恬静，委婉，使我们一面有水阔天空之想，一面又憧憬着纸醉金迷之境了。等到灯火明时，阴阴的变为沉沉了：黯淡的水光，像梦一般；那偶然闪烁着的光芒，就是梦的眼睛了。我们坐在舱前，因了那隆起的顶棚，仿佛总是昂着首向前走着似的；于是飘飘然如御风而行的我们，看着那些自在的湾泊着的船，船里走马灯般的人物，便像是下界一般，迢迢的远了，又像在雾里看花，尽朦朦胧胧的。这时我们已过了利涉桥，望见东关头了。沿路听见断续的歌声：有从沿河的妓楼飘来的，有从河上船里度来的。我们明知那些歌声，只是些因袭的言词，从生涩的歌喉里机械的发出来的；但它们经了夏夜微风的吹漾和水波的摇拂，袅娜着到我们耳边的时候，已经不单是她们的歌声，而混着微风和河水的密语了。于是我们不得不被牵惹着，震撼着，相与浮沉于这歌声里了。从东关头转弯，不久就到大中桥。大中桥共有三个桥拱，都很阔大，俨然是三座门儿；使我们觉得我们的船和船里的我们，在桥下过去时，真是太无颜色了。桥砖是深褐色，表明它的历史的长久；但都完好无缺，令人太息于古昔工程的坚美。桥上两旁都是木壁的房子，中间应该有街路？这些房子都破旧了，多年烟薰的迹，遮没了当年的美丽。我想像秦淮河的极盛时，在这样宏阔的桥上，特地盖了房子，必然是髹漆得富富丽丽的；晚间必然是灯火通明的。现在却只剩下一片黑沉沉！但是桥上造着房子，毕竟使我们多少可以想见往日的繁华；这也慰情聊胜无了。过了大中桥，便到了灯月交辉，笙歌彻夜的秦淮河；这才是秦淮河的真面目哩。

大中桥外，顿然空阔，和桥内两岸排着密密的人家的景象大异了。一眼望去，疏疏的林，淡淡的月，衬着蓝蔚的天，颇像荒江野渡光景；那边呢，郁丛丛的，阴森森的，又似乎藏着无边的黑暗：令人几乎不信那是繁华的秦淮河了。但是河中眩晕着的灯光，纵横着的画舫，悠扬着的笛韵，夹着那吱吱的胡琴声，终于使我们认识绿如茵陈酒的秦淮水了。此地天裸露着的多些，故觉夜来的独迟些；从清清的水影里，我们感到的只是薄薄的夜——这正是秦淮河的夜。大中桥外，本来还有一座复成桥，是船夫口中的我们的游踪尽处，或也是秦淮河繁华的尽处了。我的脚曾踏过复成桥的脊，在十三四岁的时候。但是两次游秦淮河，却都不曾见着复成桥的面；明知总在前途的，

1937年，位于秦淮河西的莫愁湖景象

却常觉得有些虚无缥缈似的。我想，不见倒也好。这时正是盛夏。我们下船后，借着新生的晚凉和河上的微风，暑气已渐渐消散；到了此地，豁然开朗，身子顿然轻了——习习的清风荏苒在面上，手上，衣上，这便又感到了一缕新凉了。南京的日光，大概没有杭州猛烈；西湖的夏夜老是热蓬蓬的，水像沸着一般，秦淮河的水却尽是这样冷冷地绿着。任你人影的憧憧，歌声的扰扰，总像隔着一层薄薄的绿纱面幕似的；它尽是这样静静的，冷冷的绿着。我们出了大中桥，走不上半里路，船夫便将船划到一旁，停了桨由它宕着。他以为那里正是繁华的极点，再过去就是荒凉了；所以让我们多多赏鉴一会儿，他自己却静静的蹲着，他是看惯这光景的了，大约只是一个无可无不可。这无可无不可，无论是升的沉的，总之，都比我们高了。

那时河里闹热极了；船大半泊着，小半在水上穿梭似的来往。停泊着的都在近市的那一边，我们的船自然也夹在其中。因为这边略略的挤，便觉得那边十分的疏了。在每一只船从那边过去时，我们能画出它的轻轻的影和曲曲的波，在我们的心上；这显着是空，且显着是静了。那时处处都是歌声和凄厉的胡琴声，圆润的喉咙，确乎是很少的。但那生涩的，尖脆的调子能使人有少年的，粗率不拘的感觉，也正可快我们的意。况且多少隔开些儿听着，因为想象与渴慕的做美，总觉更有滋味；而竞发的喧嚣，抑扬的不齐，远近的杂沓，和乐器的嘈嘈切切，合成另一意味的谐音，也使我们无所适从，如随着大风而走。这实在因为我们的心枯涩久了，变为脆弱；故偶然润泽一下，便疯狂似的不能自主了。但秦淮河确也腻人。即如船里的人面，无论是和我们一堆儿泊着的，还是从我们眼前过去的，总是模模糊糊的，甚至渺渺茫茫的；任你张圆了眼睛，揩净了眦垢[1]，也是枉然。这真够人想呢。在我们停泊的地方，灯光原是纷然的；不过这些灯光都是黄而有晕的。黄已经不能明

---

[1] zì gòu，眼眵，俗称眼屎。

了，再加上了晕，便更不成了。灯愈多，晕就愈甚；在繁星般的黄的交错里，秦淮河仿佛笼上了一团光雾。光芒与雾气腾腾的晕着，什么都只剩了轮廓了；所以人面的详细的曲线，便消失于我们的眼底了。但灯光究竟夺不了那边的月色；灯光是浑的，月色是清的。在浑沌的灯光里，渗入了一派清辉，却真是奇迹！那晚月儿已瘦削了两三分。她晚妆才罢，盈盈的上了柳梢头。天是蓝得可爱，仿佛一汪水似的；月儿便更出落得精神了。岸上原有三株两株的垂杨树，淡淡的影子，在水里摇曳着。它们那柔细的枝条浴着月光，就像一支支美人的臂膊，交互的缠着，挽着；又像是月儿披着的发。而月儿偶然也从它们的交叉处偷偷窥看我们，大有小姑娘怕羞的样子。岸上另有几株不知名的老树，光光的立着；在月光里照起来，却又俨然是精神矍铄的老人。远处——快到天际线了，才有一两片白云，亮得现出异彩，像美丽的贝壳一般。白云下便是黑黑的一带轮廓；是一条随意画的不规则的曲线。这一段光景，和河中的风味大异了。但灯与月竟能并存着，交融着，使月成了缠绵的月，灯射着渺渺的灵辉；这正是天之所以厚秦淮河，也正是天之所以厚我们了。

这时却遇着了难解的纠纷。秦淮河上原有一种歌妓，是以歌为业的。从前都在茶舫上，唱些大曲之类。每日午后一时起；什么时候止，却忘记了。晚上照样也有一回，也在黄晕的灯光里。我从前过南京时，曾随着朋友去听过两次。因为茶舫

○ 晚清时期，秦淮河畔的茶酒楼

里的人脸太多了，觉得不大适意，终于听不出所以然。前年听说歌妓被取缔了，不知怎的，颇设[1]想了几次——却想不出什么。这次到南京，先到茶舫上去看看，觉得颇是寂寥，令我无端的怅怅了。不料她们却仍在秦淮河里挣扎着，不料她们竟

1　其他版本有作"涉"。

会纠缠到我们,我于是很张皇了。她们也乘着"七板子",她们总是坐在舱前的。舱前点着石油汽灯,光亮眩人眼目;坐在下面的,自然是纤毫毕见了——引诱客人们的力量,也便在此了。舱里躲着乐工等人,映着汽灯的余辉蠕动着;他们是永远不被注意的。每船的歌妓大约都是二人;天色一黑,她们的船就在大中桥外往来不息的兜生意。无论行着的船,泊着的船,都要来兜揽的。这都是我后来推想出来的。那晚不知怎样,忽然轮着我们的船了。我们的船好好的停着,一只歌舫划向我们来的;渐渐和我们的船并着了。铄铄的灯光逼得我们皱起了眉头;我们的风尘色全给它托出来了,这使我踧踖不安了。那时一个伙计跨过船来,拿着摊开的歌折,就近塞向我的手里,说:"点几出吧!"他跨过来的时候,我们船上似乎有许多眼光跟着。同时相近的别的船上也似乎有许多眼睛炯炯的向我们船上看着。我真窘了!我也装出大方的样子,向歌妓们瞥了一眼,但究竟是不成的!我勉强将那歌折翻了一翻,却不曾看清了几个字;便赶紧递还那伙计,一面不好意思地说,"不要,我们……不要。"他便塞给平伯。平伯掉转头去,摇手说,"不要!"那人还腻着不走。平伯又回过脸来,摇着头道,"不要!"于是那人重到我处。我窘着再拒绝了他。他这才有所不屑似的走了。我的心立刻放下,如释了重负一般。我们就开始自白了。

　　我说我受了道德律的压迫,拒绝了她们;心里似乎很抱歉的。这所谓抱歉,一面对于她们,一面对于我自己。她们于我们虽然没有很奢的希望;但总有些希望的。我们拒绝了她们,无论理由如何充足,却使她们的希望受了伤;这总有几分不做美了。这是我觉得很怅怅的。至于我自己,更有一种不足之感。我这时被四面的歌声诱惑了,降服了;但是远远的,远远的歌声总仿佛隔着重衣搔痒似的,越搔越搔不着痒处。我于是憧憬着贴耳的妙音了。在歌舫划来时,我的憧憬,变为盼望;我固执的盼望着,有如饥渴。虽然从浅薄的经验里,也能够推知,那贴耳的歌声,将剥去了一切的美妙;但一个平常的人像我的,谁愿凭了理性之力去丑化未来呢?我宁愿自己骗着了。不过我的社会感性是很敏锐的;我的思力能拆穿道德律的西洋镜,而我的感情却终于被它压服着。我于是有所顾忌了,尤其是在众目昭彰的时候。道德律的力,本来是民众赋予的;在民众的面前,自然更显出它的威严了。我这时一面盼望,一面却感到了两重的禁制:一,在通俗的意义上,接近妓者总算一种不正当的行为;二,妓是一种不健全的职业,我们对于她们,应有哀矜勿喜之心,不应赏玩的去听她们的歌。在众目睽睽之下,这两种思想在我心里最为旺盛。她们暂时压倒了我听歌的盼望,这便成就了我的灰色的拒绝。那时的心实在异常状态中,觉得颇是昏乱。歌舫去了,暂时宁静[1]之后,我的思绪又如

---

[1] 其他版本有作"靖"。

潮涌了。两个相反的意思在我心头往复：卖歌和卖淫不同，听歌和狎妓不同，又干道德甚事？——但是，但是，她们既被逼的以歌为业，她们的歌必无艺术味的；况她们的身世，我们究竟该同情的。所以拒绝倒也是正办。但这些意思终于不曾撇开我的听歌的盼望。它力量异常坚强；它总想将别的思绪踏在脚下。从这重重的争斗里，我感到了浓厚的不足之感。这不足之感使我的心盘旋不安，起坐都不安宁了。唉！我承认我是一个自私的人！平伯呢，却与我不同。他引周启明先生的诗，"因为我有妻子，所以我爱一切的女人，因为我有子女，所以我爱一切的孩子。"[1]他的意思可以见了。他因为推及的同情，爱着那些歌妓，并且尊重着她们，所以拒绝了她们。在这种情形下，他自然以为听歌是对于她们的一种侮辱。但他也是想听歌的，虽然不和我一样，所以在他的心中，当然也有一番小小的争斗；争斗的结果，是同情胜了。至于道德律，在他是没有什么的；因为他很有蔑视一切的倾向，民众的力量在他是不大觉着的。这时他的心意的活动比较简单，又比较松弱，故事后还怡然自若；我却不能了。这里平伯又比我高了。

在我们谈话中间，又来了两只歌舫。伙计照前一样的请我们点戏，我们照前一样的拒绝了。我受了三次窘，心里的不安更甚了。清艳的夜景也为之减色。船夫大约因为要赶第二趟生

---

[1] 原诗是："我为了自己的儿女才爱小孩子，为了自己的妻才爱女人"，见《雪朝》。

意，催着我们回去；我们无可无不可的答应了。我们渐渐和那些晕黄的灯光远了，只有些月色冷清清的随着我们的归舟。我们的船竟没个伴儿，秦淮河的夜正长哩！到大中桥近处，才遇着一只来船。这是一只载妓的板船，黑漆漆的没有一点光。船头上坐着一个妓女；暗里看出，白地小花的衫子，黑的下衣。她手里拉着胡琴，口里唱着青衫的调子。她唱得响亮而圆转；当她的船箭一般驶过去时，余音还袅袅的在我们耳际，使我们倾听而向往。想不到在弩末的游踪里，还能领略到这样的清歌！这时船过大中桥了，森森的水影，如黑暗张着巨口，要将我们的船吞了下去。我们回顾那渺渺的黄光，不胜依恋之情；我们感到了寂寞了！这一段地方夜色甚浓，又有两头的灯火招邀着；桥外的灯火不用说了，过了桥另有东关头疏疏的灯火。我们忽然仰头看见依人的素月，不觉深悔归来之早了！走过东关头，有一两只大船湾泊着，又有几只船向我们来着。嚣嚣的一阵歌声人语，仿佛笑我们无伴的孤舟哩。东关头转弯，河上的夜色更浓了；临水的妓楼上，时时从帘缝里射出一线一线的灯光；仿佛黑暗从酣睡里眨了一眨眼。我们默然的对着，静听那汩——汩的桨声，几乎要入睡了；朦胧里却温寻着适才的繁华的余味。我那不安的心在静里愈显活跃了！这时我们都有了不足之感，而我的更其浓厚。我们却又不愿回去，于是只能由懊悔而怅惘了。船里便满载着怅惘了。直到利涉桥下，微微嘈杂的人声，才使我豁然一惊；那光景却又不同。右岸的河房里,都大开了窗户,里面亮着晃晃的电灯,电灯的光射到水上,蜿蜒曲折,闪闪不息,正如跳舞着的仙女的臂膊。我们的船已在她的臂膊里了;如睡在摇篮里一样,倦了的我们便又入梦了。那电灯下的人物,只觉像蚂蚁一般,更不去萦念。这是最后的梦;可惜是最短的梦!黑暗重复落在我们面前,我们看见傍岸的空船上一星两星的,枯燥无力又摇摇不定的灯光。我们的梦醒了,我们知道就要上岸了;我们心里充满了幻灭的情思。

1923年10月11日

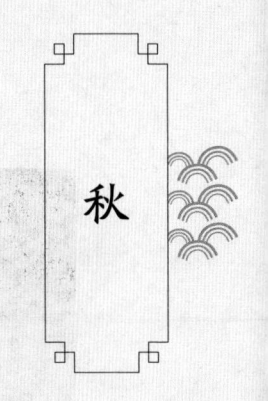

秋

秋

◎ 落叶

惨淡的长天板着脸往下瞧着，
小院里两株亭亭的绿树掩映着。
一阵西风吹来，他们的叶子都颤起来了，
仿佛怕摇落的样子——
西风是报信的？
呀！飒飒的又下雨了，
叶子被打得格外颤了。
雨里一个人立着，不声不响的，
也在颤着；
好久，他才张开两臂低声说，
"秋天来了！"

1920年8月，扬州作

飘零

一个秋夜，我和P坐在他的小书房里，在晕黄的电灯光下，谈到W的小说。

"他还在河南吧？C大学那边很好吧？"我随便问着。

"不，他上美国去了。"

"美国？做什么去？"

"你觉得很奇怪吧？——波定谟[1]约翰郝勃金医院[2]打电报约他做助手去。"

"哦！就是他研究心理学的地方！他在那边成绩总很好？——这回去他很愿意吧？"

"不见得愿意。他动身前到北京来过，我请他在启新吃饭；

---

[1] 即美国巴尔的摩市。
[2] 即约翰霍普金斯医院（Johns Hopkins Hospital），美国马里兰州巴尔的摩市的一所知名医疗机构。建于1889年。

他很不高兴的样子。"

"这又为什么呢?"

"他觉得中国没有他做事的地方。"

"他回来才一年呢。C大学那边没有钱吧?"

"不但没有钱,他们说他是疯子!"

"疯子!"

我们默然相对,暂时无话可说。

我想起第一回认识W的名字,是在《新生》杂志上。那时我在P大学读书,W也在那里。我在《新生》上看见的是他的小说;但一个朋友告诉我,他心理学的书读得真多;P大学图书馆里所有的,他都读了。文学书他也读得不少。他说他是无一刻不读书的。我第一次见他的面,是在P大学宿舍的走道上;他正和朋友走着。有人告诉我,这就是W了。微曲的背,小而黑的脸,长头发和近视眼,这就是W了。以后我常常看他的文字,记起他这样一个人。有一回我拿一篇心理学的译文,托一个朋友请他看看。他逐一给我改正了好几十条,不曾放松一个字。永远的惭愧和感谢留在我心里。

我又想到杭州那一晚上。他突然来看我了。他说和P游了三日,明早就要到上海去。他原是山东人;这回来上海,是要上美国去的。我问起哥仑比亚大学[1]的《心理学,哲学,与科学

---

1 即哥伦比亚大学,位于美国纽约曼哈顿。

◎《新生》杂志创刊号

方法》杂志，我知道那是有名的杂志。但他说里面往往一年没有一篇好文章，没有什么意思。他说近来各心理学家在英国开了一个会，有几个人的话有味。他又用铅笔随便的在桌上一本簿子的后面，写了《哲学的科学》一个书名与其出版处，说是新书，可以看看。他说要走了。我送他到旅馆里。见他床上摊着一本《人生与地理》，随便拿过来翻着。他说这本小书很著名，很好的。我们在晕黄的电灯光下，默然相对了一会，又问答了几句简单的话；我就走了。直到现在，还不曾见过他。

他到美国去后，初时还写了些文字，后来就没有了。他的名字，在一般人心里，已如远处的云烟了。我倒还记着他。两三年以后，才又在《文学日报》上见到他一篇诗，是写一种清趣的。我只念过他这一篇诗。他的小说我却念过不少；最使我不能忘记的是那篇《雨夜》，是写北京人力车夫的生活的。W是学科学的人，应该很冷静，但他的小说却又很热很热的。

这就是W了。

P也上美国去，但不久就回来了。他在波定谟住了些日子，W是常常见着的。他回国后，有一个热天，和我在南京清凉山上谈起W的事。他说W在研究行为派的心理学。他几乎终日在实验室里；他解剖过许多老鼠，研究它们的行为。P说自己本来也愿意学心理学的；但看了老鼠临终的颤动，他执刀的手便战战地放不下去了。因此只好改行。而W是"奏刀騞然"，"踌躇满志"，P觉得那是不可及的。P又说W研究动物行为既久,看明它们所有的生活,只是那几种生理的欲望,如食欲,性欲,所玩的把戏,毫无什么大道理存乎其间。因而推想人的生活,也未必别有何种高贵的动机;我们第一要承认我们是动物,这便是真人。W的确是如此做人的。P说他也相信W的话;真的,P回国后的态度是大大的不同了。W只管做他自己的人,却得着P这样一个信徒,他自己也未必料得着的。

P又告诉我W恋爱的故事。是的,恋爱的故事!P说这是一个日本人,和W一同研究的,但后来走了,这件事也就完了。P说得如此冷淡,毫不像我们所想的恋爱的故事!P又曾指出《来日》上W的一篇《月光》给我看。这是一篇小说,叙述一对男女趁着月光在河边一只空船里密谈。那女的是个有夫之妇。这时四无人迹,他俩谈得亲热极了。但P说W的胆子太小了,所以这一回密谈之后,便撒了手。这篇文字是W自己写的,虽没有如火如荼的热闹,但却别有一种意思。科学与文学,科学与恋爱,这就是W了。

"'疯子'!"我这时忽然似乎彻悟了说,"也许是的吧?我想。一个人冷而又热,是会变疯子的。"

"唔,"P点头。

"他其实大可以不必管什么中国不中国了;偏偏又恋恋不舍的!"

"是啰。W这回真不高兴。K在美国借了他的钱。这回他到北京,特地老远的跑去和K要钱。K的没钱,他也知道;他也并不指望这笔钱用。只想借此去骂他一顿罢了,据说拍了桌子大骂呢!"

"这与他的写小说一样的道理呀!唉,这就是W了。"

P无语,我却想起一件事:

"W到美国后有信来么?"

"长远了,没有信。"

我们于是都又默然。

1926年7月20日,白马湖

中秋月

余来旧京之年,先室人尚居白马湖。值中秋夜月甚美,男女学生放舟湖中,歌声互答。先室人索居斗室,念远伤离,情难自已,北来后每为余言之。兹追记其语,不知涕泗之何从也。

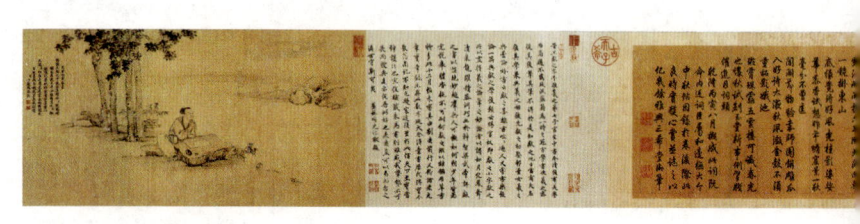

◎ 中秋帖 晋 王献之

孤光今夜迥,照水倍分明。
艳曲闻莺啭,微风睹艇轻。
床空馀瘦影,砌冷起蛩声。
破镜飞天上,刀头何日赓?

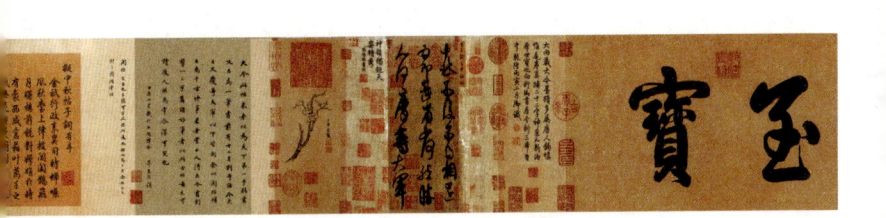

竹隐以红叶见寄,赋此奉答

文书不放此身闲,秋叶空教红满山。
片片逢君相寄与,始知天意未全悭。
薜荔丹枫各自妍,缤纷更看锦丝缠。
遥思素手安排处,定费灵心几折旋。
经年离索黯萦魂,飒飒西风昼掩门。
此日开缄应自诧,些许秋色胜春温。

纪游

一九二〇年十一月二十八日同维祺游天竺，灵隐，韬光，北高峰，玉泉诸胜，心里很是欢喜；二日后写成这诗。

◎ 灵隐寺大殿 1921年

一

灵隐的路上,
砖砌着五尺来宽的道儿,
像无尽长似的;
两旁葱绿的树把着臂儿,
让我们下面过着。
泉儿只是泠泠的流着,
两个亭儿亭亭的俯看着;
俯看着他们的,
便是巍巍峨峨的,金碧辉煌的殿宇了。
好阴黝幽深的殿宇!
这样这样大的庭柱,
我们可给你们比下去了!

二

紫竹林门前一株白果树,
小门旁又是一株——
怕生客么?却缩入墙里去了。
院里一方紫竹,

迎风颤着；

殿旁坐着几个僧人，

一声不响的；

所有的只是寂静了。

出门看见地下一堆黄叶，

扇儿似的一片片叠着。

可怜的叶儿，

夏天过了，

你们早就该下来了！

可爱的，

你们能伴我

伴我忧深的人么？——

我捡起两片，

珍重的藏在袋里。

三

韶光过了，

所有的都是寂静了。

只有我们俩走着；

微微的风吹着。

那边——无数竿竹子

在风里折腰舞着；

好一片碧波哟！

这边——红的墙，绿的窗，

颤巍巍，瘦兢兢，挺挺的，高高的耸着的，

想是灵隐的殿宇了；

只怕是画的哩？

云托着他罢？

远远山腰里吹起一缕轻烟，

袅袅的往上升着；

升到无可再升了，

便袅袅婷婷的四散了。

葱绿的松柏，

血一般的枫树，

鹅黄的白果树，

美丽吗？

是自然的颜色罢。

葱绿的，她忧愁罢；

血一般的，她羞愧罢！

鹅黄的，她快乐罢？

我可不知；

她自己也说不出哩。

四

北高峰 1921年

北高峰了,

寂静的顶点了。

四围都笼着烟雾,

迷迷糊糊的,

什么都只有些影子了。

只有地里长着的蔬菜,

肥嫩得可爱,

绿得要滴下来；

这里藏着我们快乐的秘密哩！……

我们的事可完了，

满足和希望也只剩些影子罢了！

五

我们到底下来了，

这回所见又不同了：

几株又虬劲，又妩媚的老松

沿涂迎着我们；

一株笔直，笔直，通红，通红的大枫树，

立着像孩子们用的牛乳瓶的刷子；

他在刷着自然的乳瓶吗？

落叶堆满了路，

我们踏着；"喳喳喊喊"的声音。

你们诉苦么？

却怨不得我们；

谁教你们落下来的？

看哪，飘着，飘着，

草上又落了一片了。

我的朋友赶着捡他起来,

说这是没有到过地上的,

他要留着——

有谁知道这片叶的运命呢?

六

灵隐冷泉亭 1921年

灵隐的泉声亭影终于再见;

灰色的幕将太阳遮着,

我们只顾走着，远了，远了；
路旁小茶树偷着开花——
白而嫩的小花——
只将些叶儿掩掩遮遮。
我的朋友忍心摘了他两朵；
怕茶树他要流泪罢？
唉！顾了我们，
便不顾得你了？
我将花簪在帽檐；
朋友将花拈在指尖；
暮色妒羡我们，
四面围着我们——
越逼越近了，
我们便浮沉着在苍茫里。

"月朦胧，鸟朦胧，帘卷海棠红"[1]

——温州的踪迹一

这是一张尺多宽的小小的横幅，马孟容君画的。上方的左角，斜着一卷绿色的帘子，稀疏而长；当纸的直处三分之一，横处三分之二。帘子中央，着一黄色的，茶壶嘴似的钩儿——就是所谓软金钩么？"钩弯"垂着双穗，石青色；丝缕微乱，若小曳于轻风中。纸右一圆月，淡淡的青光遍满纸上；月的纯净，柔软与平和，如一张睡美人的脸。从帘的上端向右斜伸而下，是一枝交缠的海棠花。花叶扶疏，上下错落着，共有五丛；或散或密，都玲珑有致。叶嫩绿色，仿佛掐得出水似的；

---

1 画题，系旧句。

◎ 月食

在月光中掩映着，微微有浅深之别。花正盛开，红艳欲流；黄色的雄蕊历历的，闪闪的。衬托在丛绿之间，格外觉着妖娆了。枝欹斜而腾挪，如少女的一只臂膊。枝上歇着一对黑色的八哥，背着月光，向着帘里。一只歇得高些，小小的眼儿半睁半闭的，似乎在入梦之前，还有所留恋似的。那低些的一只别过脸来对着这一只，已缩着颈儿睡了。帘下是空空的，不着一些痕迹。

试想在圆月朦胧之夜，海棠是这样的妩媚而嫣润；枝头的好鸟为什么却双栖而各梦呢？在这夜深人静的当儿，那高踞着的一只八哥儿，又为何尽撑着眼皮儿不肯睡去呢？他到底等什么来着？舍不得那淡淡的月儿么？舍不得那疏疏的帘儿么？不，不，不，您得到帘下去找，您得向帘中去找——您该找着那卷帘人了？他的情韵风怀，原是这样这样的哟！朦胧的岂独月呢；岂独鸟呢？但是，咫尺天涯，教我如何耐得？我拚着千呼万唤；你能够出来么？

这页画布局那样经济，设色那样柔活，故精彩足以动人。虽是区区尺幅，而情韵之厚，已足沦肌浃髓而有余。我看了这画,瞿然而惊;留恋之怀,不能自已。故将所感受的印象细细写出,以志这一段因缘。但我于中西的画都是门外汉,所说的话不免为内行所笑。——那也只好由他了。

1924年2月1日

绿

——温州的踪迹二

我第二次到仙岩[1]的时候,我惊诧于梅雨潭的绿了。

梅雨潭是一个瀑布潭。仙岩有三个瀑布,梅雨瀑最低。走到山边,便听见花花花花的声音;抬起头,镶在两条湿湿的黑边儿里的,一带白而发亮的水便呈现于眼前了。我们先到梅雨亭。梅雨亭正对着那条瀑布;坐在亭边,不必仰头,便可见它的全体了。亭下深深的便是梅雨潭。这个亭踞在突出的一角的岩石上,上下都空空儿的;仿佛一只苍鹰展着翼翅浮在天宇中一般。三面都是山,像半个环儿拥着;人如在井底了。这是一个秋季的薄阴的天气。微微的云在我们顶上流着;岩面与草丛都从润湿中透出几分油油的绿意。而瀑布也似乎分外的响了。那瀑布从上面冲下,仿佛已被扯成大小的几绺;不复是一幅整齐而平滑的布。岩上有许多棱角;瀑流经过时,作急剧的撞

---
[1] 山名,位于浙江省温州市瓯海区仙岩镇内,温州、瑞安两市之间。

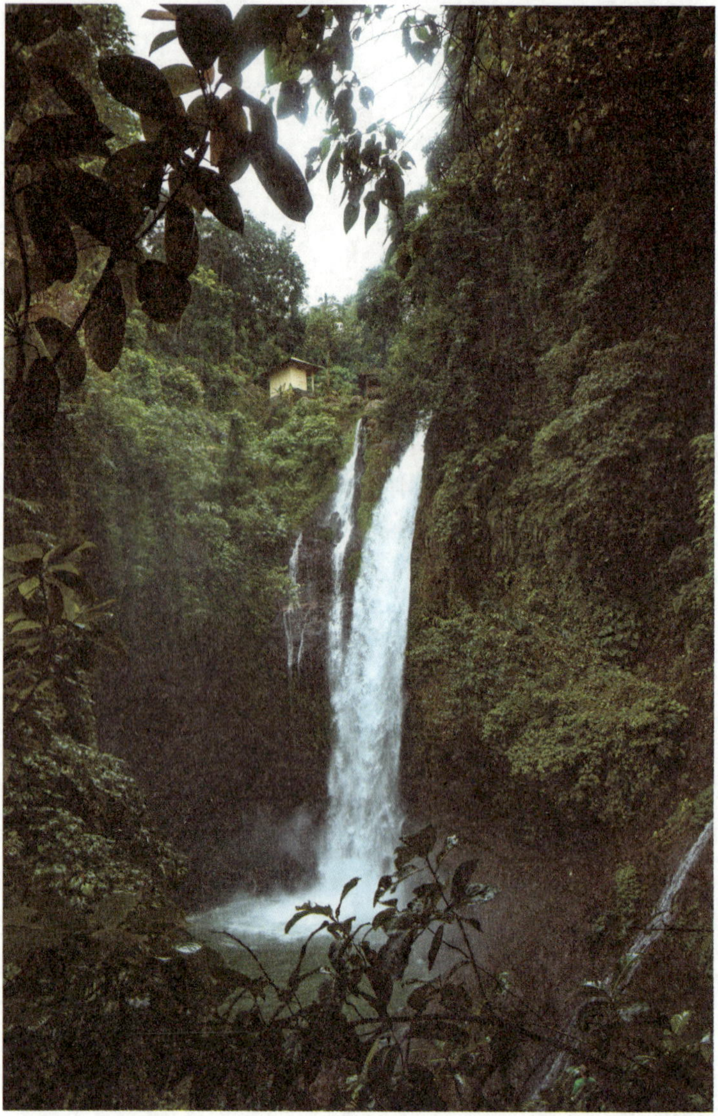

击，便飞花碎玉般乱溅着了。那溅着的水花，晶莹而多芒；远望去，像一朵朵小小的白梅，微雨似的纷纷落着。据说，这就是梅雨潭之所以得名了。但我觉得像杨花，格外确切些。轻风起来时，点点随风飘散，那更是杨花了。——这时偶然有几点送入我们温暖的怀里，便倏的钻了进去，再也寻它不着。

梅雨潭闪闪的绿色招引着我们；我们开始追捉她那离合的神光了。揪着草，攀着乱石，小心探身下去，又鞠躬过了一个石穹门，便到了汪汪一碧的潭边了。瀑布在襟袖之间；但我的心中已没有瀑布了。我的心随潭水的绿而摇荡。那醉人的绿呀！仿佛一张极大极大的荷叶铺着，满是奇异的绿呀。我想张开两臂抱住她；但这是怎样一个妄想呀。——站在水边，望到那面，居然觉着有些远呢！这平铺着，厚积着的绿，着实可爱。她松松的皱缬着，像少妇拖着的裙幅；她轻轻的摆弄着，像跳动的初恋的处女的心；她滑滑的明亮着，像涂了"明油"一般，有鸡蛋清那样软，那样嫩，令人想着所曾触过的最嫩的皮肤；她又不杂些儿尘滓，宛然一块温润的碧玉，只清清的一色——但你却看不透她！我曾见过北京什刹海拂地的绿杨，脱不了鹅黄的底子，似乎太淡了。我又曾见过杭州虎跑寺近旁高峻而深密的"绿壁"，丛叠着无穷的碧草与绿叶的，那又似乎太浓了。其余呢，西湖的波太明了，秦淮河的也太暗了。可爱的，我将什么来比拟你呢？我怎么比拟得出呢？大约潭是很深的，故能蕴蓄着这样奇异的绿；仿佛蔚蓝的天融了一块在里面似的,这才这般的鲜润呀。——那醉人的绿呀!我若能裁你以为带,我将赠给那轻盈的舞女;她必能临风飘举了。我若能挹你以为眼,我将赠给那善歌的盲妹;她必明眸善睐了。我舍不得你;我怎舍得你呢?我用手拍着你,抚摩着你,如同一个十二三岁的小姑娘。我又掬你入口,便是吻着她了。我送你一个名字,我从此叫你"女儿绿",好么?

我第二次到仙岩的时候,我不禁惊诧于梅雨潭的绿了。

1924年2月8日

冬

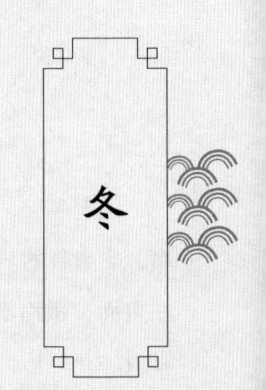

冬天

说起冬天，忽然想到豆腐。是一"小洋锅"（铝锅）白煮豆腐，热腾腾的。水滚着，像好些鱼眼睛，一小块一小块豆腐养在里面，嫩而滑，仿佛反穿的白狐大衣。锅在"洋炉子"（煤油不打气炉）上，和炉子都熏得乌黑乌黑，越显出豆腐的白。这是晚上，屋子老了，虽点着"洋灯"，也还是阴暗。围着桌子坐的是父亲跟我们哥儿三个。"洋炉子"太高了，父亲得常常站起来，微微地仰着脸，觑着眼睛，从氤氲的热气里伸进筷子，夹起豆腐，一一地放在我们的酱油碟里。我们有时也自己动手，但炉子实在太高了，总还是坐享其成的多。这并不是吃饭，只是玩儿。父亲说晚上冷，吃了大家暖和些。我们都喜欢这种白水豆腐；一上桌就眼巴巴望着那锅，等着那热气，等着热气里从父亲筷子上掉下来的豆腐。

又是冬天，记得是阴历十一月十六晚上，跟S君P君在西湖里坐小划子。S君刚到杭州教书，事先来信说："我们要游西湖，不管它是冬天。"那晚月色真好，现在想起来还像照在身

◎ 雪落枝头飞鸟立

上。本来前一晚是"月当头";也许十一月的月亮真有些特别吧。那时九点多了,湖上似乎只有我们一只划子。有点风,月光照着软软的水波;当间那一溜儿反光,像新砑[1]的银子。湖上的山只剩了淡淡的影子。山下偶尔有一两星灯火。S君口占两句诗道:"数星灯火认渔村,淡墨轻描远黛痕。"我们都不大说话,只有均匀的桨声。我渐渐地快睡着了。P君"喂"了一下,才抬起眼皮,看见他在微笑。船夫问要不要上净寺去;是阿弥陀佛生日,那边蛮热闹的。到了寺里,殿上灯烛辉煌,满是佛婆念佛的声音,好像醒了一场梦。这已是十多年前的事了,S君还常常通着信,P君听说转变了好几次,前年是在一个特税局里收特税了,以后便没有消息。

在台州过了一个冬天,一家四口子。台州是个山城,可以说在一个大谷里。只有一条二里长的大街。别的路上白天简直不大见人;晚上一片漆黑。偶尔人家窗户里透出一点灯光,还有走路的拿着的火把;但那是少极了。我们住在山脚下。有的是山上松林里的风声,跟天上一只两只的鸟影。夏末到那里,春初便走,却好像老在过着冬天似的;可是即便真冬天也并不冷。我们住在楼上,书房临着大路;路上有人说话,可以清清楚楚地听见。但因为走路的人太少了,间或有点说话的声音,

---

[1] 读yà,用卵形成弧形的石块碾压或摩擦皮革、布帛等使密实而光亮。

听起来还只当远风送来的，想不到就在窗外。我们是外路人，除上学校去之外，常只在家里坐着。妻也惯了那寂寞，只和我们爷儿们守着。外边虽老是冬天，家里却老是春天。有一回我上街去，回来的时候，楼下厨房的大方窗开着，并排地挨着她们母子三个；三张脸都带着天真微笑地向着我。似乎台州空空的，只有我们四人；天地空空的，也只有我们四人。那时是民国十年，妻刚从家里出来，满自在。现在她死了快四年了，我却还老记着她那微笑的影子。

无论怎么冷，大风大雪，想到这些，我心上总是温暖的。

1933年12月

满月的光

◎ 满月

好一片茫茫的月光，

静悄悄躺在地上！

枯树们的疏影

荡漾出她们伶俐的模样。

仿佛她所照临，

都在这般伶伶俐俐的荡漾；

一色内外清莹，

再不见纤毫翳障。

月啊！我愿永远浸在你的光明海里，

长是和你一般雪亮！

1919年12月6日

歌声

昨晚中西音乐歌舞大会里"中西丝竹和唱"的三曲清歌，真令我神迷心醉了。

仿佛一个暮春的早晨，霏霏的毛雨[1]默然洒在我脸上，引起润泽，轻松的感觉。新鲜的微风吹动我的衣袂，像爱人的鼻息吹着我的手一样。我立的一条白矾石的甬道上，经了那细雨，正如涂了一层薄薄的乳油；踏着只觉越发滑腻可爱了。

这是在花园里。群花都还做她们的清梦。那微雨偷偷洗去她们的尘垢，她们的甜软的光泽便自焕发了。在那被洗去的浮艳下，我能看到她们在有日光时所深藏着的恬静的红，冷落的紫，和苦笑的白与绿。以前锦绣般在我眼前的，现在都带了黯淡的颜色。——是愁着芳春的销歇么？是感着芳春的困倦么？

大约也因那濛濛的雨，园里没了秾[2]郁的香气。涓涓的东风

---

1 细雨如牛毛，扬州称为"毛雨"。
2 读nóng，浓、深。

◎ 阴下濛濛雨

只吹来一缕缕饿了似的花香;夹带着些潮湿的草丛的气息和泥土的滋味。园外田亩和沼泽里,又时时送过些新插的秧,少壮的麦,和成阴的柳树的清新的蒸气。这些虽非甜美,却能强烈地刺激我的鼻观,使我有愉快的倦怠之感。

看啊,那都是歌中所有的:我用耳,也用眼,鼻,舌,身,听着;也用心唱着。我终于被一种健康的麻痹袭取了,于是为歌所有。此后只由歌独自唱着,听着;世界上便只有歌声了。

1921年11月3日

除夕书感

又看一岁尽,生事逐飙尘。
精力中年异,情怀百种新。
孤栖今似客,长恨不如人。
马齿明朝长,回头愧此身。
追欢逢令节,少壮互招寻。
三径无人迹,空山绝足音。
身微青眼少,世短客愁深。
独坐萦千虑,刹那成古今。

新年

夜幕沉沉,
笼着大地。
新年天半飞来,
啊!好美丽鲜红的两翅!
她口中含着黄澄澄的金粒——
"未来"的种子。
翅子"拍拍"的声音
惊破了寂寞。
他们血一般的光,
照彻了夜幕;
幕中人醒,
看见新年好乐!
新年交给他们
那颗圆的金粒;
她说,"快好好地种起来,
这是你们生命的秘密!"

《伦敦竹枝词》

"春节"时逛厂甸,在书摊上买到《伦敦竹枝词》一小本。署"局中门外汉戏草","观自得斋"刻。惭愧自己太陋,简直没遇见过这两个名字,只好待考。诗百首,除首尾两首外,都有注。后有作者识语,署光绪甲申(一八八四);而书刻于光绪戊子(一八八八)。但有一诗咏维多利亚女王登极五十年纪念,是年应为光绪丁亥(一八八七);那么便不应作于甲申了。这层也只好待考。

书后有署犧甫的《跋》云:

……一诗一事,自国政以逮民俗,罔不形诸歌咏。有时杂以英语,"雅鲁""娶隅",诙谐入妙。虽持论间涉愤激,然如医院大政,亦未尝没有立法之美,殆所谓憎而知其善者欤?……

这几句话说得很公道。"局中门外汉"无论如何是五十年前的人物了,他对于异邦风土的愤激怪诧是不足奇的。如邮筒、电话、电灯、照相，都觉新异，以之入诗，便是一例。所奇的是他的宽容、他的公道。如《咏西画》云：

> 家家都爱挂春宫，道是春宫却不同：只有横陈娇小态，绝无淫亵丑形容。

注云：

> 凡画美人者，无论着色墨笔，皆寸丝不挂，惟蔽其下体而已，听事书室皆悬之，毫不为怪。

诗的前半似乎有些愤激，但后半的见解就算不错，比现在遗老遗少高明得多。作者身在伦敦，又懂点英语（由诗中译音之多知之），所以多少能够了解西化。又其诗所记都是亲见亲闻，与尤个《外国竹枝词》等类作品只是纸上谈兵不同，所以真切有味。诗中所说的情形大体上还和现在的伦敦相仿佛；曾到伦敦或将到伦敦的人看这本书一定觉着更好玩儿。

诸诗时杂英语，所译的音，与平常迥乎不同，所以樨甫《跋》里说他"诙谐入妙"。现在选抄若干首，凡懂点英语的人，看了定会发笑的。但解释译语，只摘录原注，不代注原文，盖所以存幽默也。

"风来阵阵乳花香，鸟语高冠时样妆。结伴来游大巴克，见人低唤'克门郎'。"原注：巴克，译言花园也。克门郎，译言来同行也。

"握手相逢'姑莫林'，喃喃私语怕人听。订期后会郎休误，临别开司剧有声。"原注：姑莫林，译言早上好也。开司，译言接吻也。

"往来蹀躞捧盘盂，白帽青衣绰约如。一笑低声问佳客，这回生代好同车。"原注：生代，译言礼拜日也。

"十五盈盈世寡俦，相随握算更持筹。金钱笑把春葱接，赢得一声'坦克尤'。"原注：坦克尤，译言谢谢你也。

"销魂最是亚魁林，粉黛如梭看不清。一盏槐痕通款曲，低声温磅索黄金。"原注：亚魁林，译言水旅园也。槐痕，译言酒也。英人谓一为温。

"红草绒冠黑布裙，摆摊终日'戏园'门。自知和气生财道，口口声声'迈大林'。"原注：迈大林，译言我的宝贝也。

"相约今宵踏月行，抬头克落克分明；一杯浊酒黄昏后，哈甫怕司到乃恩。"原注：英人谓钟曰克落克，谓半曰哈甫，谓已过曰怕司，谓九曰乃恩；哈甫怕司乃恩者，九点半钟已过也。

"一队儿童拍手嬉，高呼'请请莱尼斯'。童谣自古皆天意，要'请'天兵靖岛夷。"原注：英人呼中国人曰莱尼斯。凡中国人上街，遇群小儿，必皆拍掌高唱曰，"请请莱尼斯"，不知其何谓也。（按：这一首实在太可笑了。"请"是"莱尼斯"的破音，是英国人骂中国人的话。）

新年的故事（节选）

昨天家里来了些人到厨房里煮出些肉包子、糖馒头，和三大块风糖糕来，他们倒是好人哩！娘和姊姊、嫂嫂裹得好粽子，娘只许我吃一个，嫂嫂又给我一个，叫我别告诉娘。我又跟姊姊要，姊姊说我再吃不得了。好笑，伊吃得，我吃不得！后来郭妈妈偷给我一个，拿在手里给我看了，说替我收着，饿了好吃。

肉包子、糖馒头、风糖糕，我都吃了些，又趁娘他们不见，每样拿了几个，将袍子兜了，想藏在床里去。不想间壁一只狗跑来，尽向我身上闻，我又怕又急，只得紧紧抱着袍角儿跑。狗也跟着，我便叫起来。娘在厨房里骂我"又作死了"，又叫姊姊。一会儿大姊姊来了，将狗打走，夺开我的兜儿一看，说："你拿这些，还吃死了呢！"伊每样留下一个，别的都拿去了，伊收到自己床里去呢！晚间郭妈妈又和我要去一块风糖糕，我只吃了一个肉包子和糖馒头罢了。

今晚上家里桌子、椅子都披上红的、花的衫儿，好看呢！

到处点着红的蜡烛,他们磕起头来,我跟着磕了一会儿。爸爸、娘又给他俩磕头,我也磕了。他们问我墙上挂着画的两人儿是谁?我说:"一个男人一个女人。"娘笑说:"这是祖爷爷和祖奶奶哩!"我想他们只有这样大的!呀!桌子摆好了!我先爬上凳子跪得高高的,筷子紧紧捏在手里,他们也都坐拢来。李二拿了好些盘菜放在桌上,又端一碗东西放在盘子中间,热气腾腾地直冒。我赶紧拿着筷子先向了几向,才伸出去,菜还没有夹着,早见娘两只眼正看着我呢,伊鼻子眼里哼了一声,我只得讪讪地将筷子缩回来,放在嘴里呃着。姊姊望着我笑,用指头刮着脸羞我,我别转脸来,咕嘟着嘴不睬伊。后来娘他们都动筷子了,他们一筷一筷地夹了许多菜给我,我不管好歹,眼里只顾看着面前的一只碗,嘴里不住地嚼着。嚼到后来,忽然不要嚼了,眼里看着,心里爱着,只是菜不知怎么,都不好吃了。我只得让它们剩在碗里,独自一个攀着桌子爬下来了。

娘房里,哥哥嫂嫂房里,姊姊房里都点着一对通红的大蜡烛。郭妈妈也将我们房里的点了,叫我去看。我要爬到桌上去看,郭妈妈不许,我便跳起来嚷着。伊大声叫道:"太太,你看,宝宝要玩蜡烛哩!"娘在伊房里说:"好儿子,别闹,你娘给好东西你吃!"伊果然拿着一盘茶果进来,又有一个红纸包儿,说是一块钱,给我"压岁"的,娘交给郭妈妈收着,说不许我瞎用。我只顾抓茶果吃,又在小箱子里拿出些我的泥宝宝来：这一个是小娘娘八月节买给我的，这一个是施伟仁送我的，这些是爸爸从上海买来的。我叫他们都站在桌上，每人面前，放些茶果，叫他们吃。呀！他们怎么不吃！我看见娘放好几碗菜在画的人儿面前，给他们吃，我的宝宝们为什么不吃呢？呵！只怕我没有磕头吧，赶快磕头吧！

郭妈妈说话了，伊抱着我说："明天过年了，多有趣呢！"粽子、包子，都给我吃。衣服、鞋子、帽子都穿新的——要"斯文"些。舅舅家的阿龙、阿虎，娘娘家的毛头、三宝都来和我玩耍。伊说有许多地方耍把戏的，只要我们不闹，便带我们去。我忙答应说："好妈妈，宝宝是不闹的，你带了他去吧！"伊点点头，我便放心了。伊又说要买些花炮给我家来放，伊说去年我也放过，好有趣哩！伊一头说，一头拍着我，我两个眼皮儿渐渐地合拢了。

1921年1月1日

附录

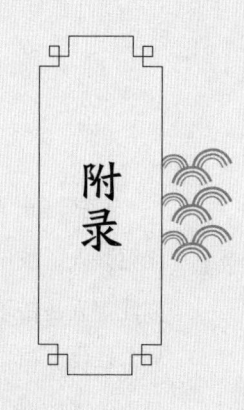

一年有四季，人生亦如是

我是扬州人

有些国语教科书里选得有我的文章,注解里或说我是浙江绍兴人,或说我是江苏江都人——就是扬州人。有人疑心江苏江都人是错了,特地老远的写信托人来问我。我说两个籍贯都不算错,但是若打官话,我得算浙江绍兴人。浙江绍兴是我的祖籍或原籍,我从进小学就填的这个籍贯;直到现在,在学校里服务快三十年了,还是报的这个籍贯。不过绍兴我只去过两回,每回只住了一天;而我家里除先母外,没一个人会说绍兴话。

我家是从先祖才到江苏东海做小官。东海就是海州,现在是陇海路的终点。我就生在海州。四岁的时候先父又到邵伯镇做小官,将我们接到那里。海州的情形我全不记得了,只对海州话还有亲热感,因为父亲的扬州话里夹着不少海州口音。在邵伯住了差不多两年,是住在万寿宫里。万寿宫的院子很大,很静;门口就是运河。河坎很高,我常向河里扔瓦片玩儿。邵伯有个铁牛湾,那儿有一条铁牛镇压着。父亲的当差常抱我去

○ 山水四条屏 扬州四景 春台明月 清 袁耀

看它，骑它，抚摩它。镇里的情形我也差不多忘记了。只记住在镇里一家人家的私塾里读过书，在那里认识了一个好朋友叫江家振。我常到他家玩儿，傍晚和他坐在他家荒园里一根横倒的枯树干上说着话，依依不舍，不想回家。这是我第一个好朋友，可惜他未成年就死了；记得他瘦得很，也许是肺病罢？

六岁那一年父亲将全家搬到扬州。后来又迎养先祖父和先祖母。父亲曾到江西做过几年官，我和二弟也曾去过江西一年；但是老家一直在扬州住着。我在扬州读初等小学，没毕业；读高等小学，毕了业；读中学，也毕了业。我的英文得力于高等小学里一位黄先生，他已经过世了。还有陈春台先生，他现在是北平著名的数学教师。这两位先生讲解英文真清楚，启发了我学习的兴趣；只恨我始终没有将英文学好，愧对这两位老师。还有一位戴子秋先生，也早过世了，我的国文是跟他老人家学着做通了的，那是辛亥革命之后在他家夜塾里的时候。中学毕业，我是十八岁，那年就考进了北京大学预科，从此就不常在扬州了。

就在十八岁那年冬天，父亲母亲给我在扬州完了婚。内人武钟谦女士是杭州籍，其实也是在扬州长成的。她从不曾去过杭州；后来同我去是第一次。她后来因为肺病死在扬州，我曾为她写过一篇《给亡妇》。我和她结婚的时候，祖父已死了好几年了。结婚后一年祖母也死了。他们两老都葬在扬州，我家于是有祖茔在扬州了。后来亡妇也葬在这祖茔里。母亲在抗战前两年过去，父亲在胜利前四个月过去，遗憾的是我都不在扬州；他们也葬在那祖茔里。这中间叫我痛心的是死了第二个女儿！她性情好，爱读书，做事负责任，待朋友最好。已经成人了，不知什么病，一天半就完了！她也葬在祖茔里。我有九个孩子。除第二个女儿外，还有一个男孩不到一岁就死在扬州；其余亡妻生的四个孩子都曾在扬州老家住过多少年。这个老家直到今年夏初才解散了,但是还留着一位老年的庶母在那里。

我家跟扬州的关系,大概够得上古人说的"生于斯,死于斯,歌哭于斯"了。现在亡妻生的四个孩子都已自称为扬州人了;我比起他们更算是在扬州长成的,天然更该算是扬州人了。但是从前一直马马虎虎的骑在墙上,并且自称浙江人的时候还多些,又为了什么呢?这一半因为报的是浙江籍,求其一致;一半也还有些别的道理。这些道理第一桩就是籍贯是无所谓的。那时要做一个世界人,连国籍都觉得狭小,不用说省籍和县籍了。那时在大学里觉得同乡会最没有意思。我同住的和我来往的自然差不多都是扬州人,自己却因为浙江籍,不去参加江苏或扬州同乡会。可是虽然是浙江绍兴籍,却又没跟一个道地浙江人来往,因此也就没人拉我去开浙江同乡会,更不用说绍兴同乡会了。这也许是两栖或骑墙的好处罢?然而出了学校以后到底常常会到道地绍兴人了。我既然不会说绍兴话,并且除了花雕和兰亭外几乎不知道绍兴的别的情形,于是乎往往只好自己承认是假绍兴人。那虽然一半是玩笑,可也有点儿窘的。

还有一桩道理就是我有些讨厌扬州人;我讨厌扬州人的小气和虚气。小是眼光如豆,虚是虚张声势,小气无须举例。虚气例如已故的扬州某中央委员,坐包车在街上走,除拉车的外,又跟上四个人在车子边推着跑着。我曾经写过一篇短文,指出扬州人这些毛病。后来要将这篇文收入散文集《你我》

里，商务印书馆不肯，怕再闹出"闲话扬州"的案子。这当然也因为他们总以为我是浙江人，而浙江人骂扬州人是会得罪扬州人的。但是我也并不抹煞扬州的好处，曾经写过一篇《扬州的夏日》，还有在《看花》里也提起扬州福缘庵的桃花。再说现在年纪大些了，觉得小气和虚气都可以算是地方气，绝不止是扬州人如此。从前自己常答应人说自己是绍兴人，一半又因为绍兴人有些戆气，而扬州人似乎太聪明。其实扬州人也未尝没戆气，我的朋友任中敏（二北）先生，办了这么多年汉民中学，不管人家理会不理会，难道还不够"戆"的！绍兴人固然有戆气，但是也许还有别的气我讨厌的，不过我不深知罢了。这也许是阿Q的想法罢？然而我对于扬州的确渐渐亲热起来了。

扬州真像有些人说的，不折不扣是个有名的地方。不用远说，李斗《扬州画舫录》里的扬州就够羡慕的。可是现在衰落了，经济上是一日千丈的衰落了，只看那些没精打采的盐商家就知道。扬州人在上海被称为江北老，这名字总而言之表示低等的人。江北老在上海是受欺负的，他们于是学些不三不四的上海话来冒充上海人。到了这地步他们可竟会忘其所以的欺负起那些新来的江北老了。这就养成了扬州人的自卑心理。抗战以来许多扬州人来到西南，大半都自称为上海人，就靠着那一点不三不四的上海话；甚至连这一点都没有，也还自称为上海人。其实扬州人在本地也有他们的骄傲的。他们称徐州以北

山水四条屏 扬州四景 平岗艳雪 清 袁耀

的人为侉子,那些人说的是侉话。他们笑镇江人说话土气,南京人说话大舌头,尽管这两个地方都在江南。英语他们称为蛮话,说这种话的当然是蛮子了。然而这些话只好关着门在家里说,到上海一看,立刻就会矮上半截,缩起舌头不敢哼一声了。扬州真是衰落得可以啊!

我也是一个江北老,一大堆扬州口音就是招牌,但是我却不愿做上海人；上海人太狡猾了。况且上海对我太生疏，生疏的程度跟绍兴对我也差不多；因为我知道上海虽然也许比知道绍兴多些，但是绍兴究竟是我的祖籍，上海是和我水米无干的。然而年纪大起来了，世界人到底做不成，我要一个故乡。俞平伯先生有一行诗，说"把故乡掉了"。其实他掉了故乡又找到了一个故乡；他诗文里提到苏州那一股亲热，是可羡慕的，苏州就算是他的故乡了。他在苏州度过他的童年，所以提起来一点一滴都亲亲热热的，童年的记忆最单纯最真切，影响最深最久；种种悲欢离合，回想起来最有意思。"青灯有味是儿时"，其实不止青灯，儿时的一切都是有味的。这样看，在哪儿度过童年，就算哪儿是故乡，大概差不多罢？这样看，就只有扬州可以算是我的故乡了。何况我的家又是"生于斯，死于斯，歌哭于斯"呢？所以扬州好也罢，歹也罢，我总该算是扬州人的。

1946年9月25日

给亡妇

◎ 武钟谦[1]

---

1 武钟谦,朱自清的结发妻子,出生于1898年。14岁那年,在父母安排下和朱自清订了婚。朱自清考上北大后,两人正式结为夫妻。朱自清很珍惜自己的妻子。结婚第二年,武钟谦生下大儿子朱迈先。1928年,武钟谦去医院检查发现肺部溃烂严重,于1929年离世,去世时,年仅31岁。武钟谦离世三年,朱自清写下《给亡妇》,回忆和妻子相处的岁月。

谦,日子真快,一眨眼你已经死了三个年头了。这三年里世事不知变化了多少回,但你未必注意这些个,我知道。你第一惦记的是你几个孩子,第二便轮着我。孩子和我平分你的世界,你在日如此;你死后若还有知,想来还如此的。告诉你,我夏天回家来着:迈儿长得结实极了,比我高一个头。闰儿父亲说是最乖,可是没有先前胖了。采芷和转子都好。五儿全家夸她长得好看;却在腿上生了湿疮,整天坐在竹床上不能下来,看了怪可怜的。六儿,我怎么说好,你明白,你临终时也和母亲谈过,这孩子是只可以养着玩儿的,他左挨右挨去年春天,到底没有挨过去。这孩子生了几个月,你的肺病就重起来了。我劝你少亲近他,只监督着老妈子照管就行。你总是忍不住,一会儿提,一会儿抱的。可是你病中为他操的那一份儿心也够瞧的。那一个夏天他病的时候多,你成天儿忙着,汤呀,药呀,冷呀,暖呀,连觉也没有好好儿睡过。哪里有一分一毫想着你自己。瞧着他硬朗点儿你就乐,干枯的笑容在黄蜡般的脸上,我只有暗中叹气而已。

　　从来想不到做母亲的要像你这样。从迈儿起,你总是自己喂乳,一连四个都这样。你起初不知道按钟点儿喂,后来知道了,却又弄不惯;孩子们每夜里几次将你哭醒了,特别是闷热的夏季。我瞧你的觉老没睡足。白天里还得做菜,照料孩子,很少得空儿。你的身子本来坏,四个孩子就累你七八年。到了第五个,你自己实在不成了,又没乳,只好自己喂奶粉,另雇老妈子专管她。但孩子跟老妈子睡，你就没有放过心；夜里一听见哭，就竖起耳朵听，工夫一大就得过去看。十六年初，和你到北京来，将迈儿，转子留在家里；三年多还不能去接他们，可真把你惦记苦了。你并不常提，我却明白。你后来说你的病就是惦记出来的；那个自然也有份儿，不过大半还是养育孩子累。你的短短的十二年结婚生活，有十一年耗费在孩子们身上；而你一点不厌倦，有多少力量用多少，一直到自己毁灭为止。你对孩子一般儿爱，不问男的女的，大的小的。也不想到什么"养儿防老，积谷防饥"，只拚命的爱去。你对于教育老实说有些外行，孩子们只要吃得好玩得好就成了。这也难怪你，你自己便是这样长大的。况且孩子们原都还小，吃和玩本来也要紧的。你病重的时候最放不下的还是孩子。病的只剩皮包着骨头了，总不信自己不会好；老说："我死了，这一大群孩子可苦了。"后来说送你回家，你想着可以看见迈儿和转子，也愿意；你万不想到会一走不返的。我送车的时候，你忍不住哭了，说："还不知能不能再见？"可怜，你的心我知道，你满想着好好儿带着六个孩子回来见我的。谦，你那时一定这样想，一定的。

除了孩子，你心里只有我。不错，那时你父亲还在；可是你母亲死了，他另有个女人，你老早就觉得隔了一层似的。出嫁后第一年你虽还一心一意依恋着他老人家，到第二年上我和孩子可就将你的心占住，你再没有多少工夫惦记他了。你还记得第一年我在北京，你在家里。家里来信说你待不住，常回娘家去。我动气了，马上写信责备你。你教人写了一封覆信，说家里有事，不能不回去。这是你第一次也可以说第末次的抗议，我从此就没给你写信。暑假时带了一肚子主意回去，但见了面，看你一脸笑，也就拉倒了。打这时候起，你渐渐从你父亲的怀里跑到我这儿。你换了金镯子帮助我的学费，叫我以后还你；但直到你死，我没有还你。你在我家受了许多气，又因为我家的缘故受你家里的气，你都忍着。这全为的是我，我知道。那回我从家乡一个中学半途辞职出走。家里人讽你也走。哪里走！只得硬着头皮往你家去。那时你家像个冰窖子，你们在窖里足足住了三个月。好容易我才将你们领出来了，一同上外省去。小家庭这样组织起来了。你虽不是什么阔小姐，可也是自小娇生惯养的，做起主妇来，什么都得干一两手；你居然做下去了，而且高高兴兴地做下去了。菜照例满是你做，可是吃的都是我们；你至多夹上两三筷子就算了。你的菜做得不坏，有一位老在行大大地夸奖过你。你洗衣服也不错，夏天我的绸大褂大概总是你亲自动手。你在家老不乐意闲着；坐前几个"月子"，老是四五天就起床，说是躺着家里事没条没理的。其实你起来也还不是没条理；咱们家那么多孩子，哪儿来条理？在浙江住的时候，逃过两回兵难，我都在北平。真亏你领着母亲和一群孩子东藏西躲的；末一回还要走多少里路，翻一道大岭。这两回差不多只靠你一个人。你不但带了母亲和孩子们，还带了我一箱箱的书；你知道我是最爱书的。在短短的十二年里，你操的心比人家一辈子还多；谦，你那样身子怎么经得住！你将我的责任一股脑儿担负了去，压死了你；我如何对得起你！

你为我的捞什子书也费了不少神；第一回让你父亲的男用人从家乡捎到上海去。他说了几句闲话，你气得在你父亲面前哭了。第二回是带着逃难，别人都说你傻子。你有你的想头："没有书怎么教书？况且他又爱这个玩意儿。"其实你没有晓得，那些书丢了也并不可惜；不过教你怎么晓得，我平常从来没和你谈过这些个！总而言之，你的心是可感谢的。这十二年里你为我吃的苦真不少，可是没有过几天好日子。我们在一起住，算来也还不到五个年头。无论日子怎么坏，无论是离是合，你从来没对我发过脾气，连一句怨言也没有。——别说怨我，就是怨命也没有过。老实说，我的脾气可不大好，迁怒的事儿有的是。那些时候你往往抽噎着流眼泪，从不回嘴，也不号啕。不过我也只信得过你一个人，有些话我只和你一个人说，因为世界上只你一个人真关心我，真同情我。你不但为我吃苦，更为我分苦；我之有我现在的精神，大半是你给我培养着的。这些年来我很少生病。但我最不耐烦生病，生了病就呻吟不绝，闹那伺候病的人。你是领教过一回的，那回只一两点钟，可是也够麻烦了。你常生病，却总不开口，挣扎着起来；一来怕搅我，二来怕没人做你那份儿事。我有一个坏脾气，怕听人生病，也是真的。后来你天天发烧，自己还以为南方带来的疟疾，一直瞒着我。明明躺着，听见我的脚步，一骨碌就坐起来。我渐渐有些奇怪，让大夫一瞧，这可糟了，你的一个肺已烂了一个大窟窿了！大夫劝你到西山去静养，你丢不下孩子，又舍不得钱；劝你在家里躺着，你也丢不下那份儿家务。越看越不行了，这才送你回去。明知凶多吉少，想不到只一个月工夫你就完了！本来盼望还见得着你，这一来可拉倒了。你也何尝想到这个？父亲告诉我，你回家独住着一所小住宅，还嫌没有客厅，怕我回去不便哪。

前年夏天回家，上你坟上去了。你睡在祖父母的下首，想来还不孤单的。只是当年祖父母的坟太小了，你正睡在圹底下。这叫做"抗圹"，在生人看来是不安心的；等着想办法吧。那时圹上圹下密密地长着青草，朝露浸湿了我的布鞋。你刚埋了半年多，只有圹下多出一块土，别的全然看不出新坟的样子。我和隐今夏回去，本想到你的坟上来；因为她病了没来成。我们想告诉你，五个孩子都好，我们一定尽心教养他们，让他们对得起死了的母亲——你！谦，好好儿放心安睡吧，你。

1932年10月11日

背影

◎ 朱鸿钧[1]与他的儿孙们，后排左二朱自清

1　朱自清的父亲叫朱鸿钧，因崇拜苏东坡，字小坡。曾在江苏东海、高邮、扬州、徐州等地为官。最后在徐州做到"烟酒公卖局长"。后赋闲失业。

我与父亲不相见已二年余了,我最不能忘记的是他的背影。那年冬天,祖母死了,父亲的差使也交卸了,正是祸不单行的日子,我从北京到徐州,打算跟着父亲奔丧回家。到徐州见着父亲,看见满院狼藉的东西,又想起祖母,不禁簌簌地流下眼泪。父亲说,"事已如此,不必难过,好在天无绝人之路!"

回家变卖典质,父亲还了亏空;又借钱办了丧事。这些日子,家中光景很是惨淡,一半为了丧事,一半为了父亲赋闲。丧事完毕,父亲要到南京谋事,我也要回北京念书,我们便同行。

到南京时,有朋友约去游逛,勾留了一日;第二日上午便须渡江到浦口,下午上车北去。父亲因为事忙,本已说定不送我,叫旅馆里一个熟识的茶房陪我同去。他再三嘱咐茶房,甚是仔细。但他终于不放心,怕茶房不妥帖;颇踌躇了一会。其实我那年已二十岁,北京已来往过两三次,是没有甚么要紧的了。他踌躇了一会,终于决定还是自己送我去。我两三回劝他不必去;他只说,"不要紧,他们去不好!"

我们过了江,进了车站。我买票,他忙着照看行李。行李太多了,得向脚夫行些小费,才可过去。他便又忙着和他们讲价钱。我那时真是聪明过分,总觉他说话不大漂亮,非自己插嘴不可。但他终于讲定了价钱;就送我上车。他给我拣定了靠车门的一张椅子;我将他给我做的紫毛大衣铺好坐位。他嘱我路上小心，夜里要警醒些，不要受凉。又嘱托茶房好好照应我。我心里暗笑他的迂。他们只认得钱，托他们直是白托！而且我这样大年纪的人，难道还不能料理自己么？唉，我现在想想，那时真是太聪明了！

我说道，"爸爸，你走吧。"他望车外看了看，说，"我买几个橘子去。你就在此地，不要走动。"我看那边月台的栅栏外有几个卖东西的等着顾客。走到那边月台，须穿过铁道，须跳下去又爬上去。父亲是一个胖子，走过去自然要费事些。我本来要去的，他不肯，只好让他去。我看见他戴着黑布小帽，穿着黑布大马褂，深青布棉袍，蹒跚地走到铁道边，慢慢探身下去，尚不大难。可是他穿过铁道，要爬上那边月台，就不容易了。他用两手攀着上面，两脚再向上缩；他肥胖的身子向左微倾，显出努力的样子。这时我看见他的背影，我的泪很快地流下来了。我赶紧拭干了泪，怕他看见，也怕别人看见。我再向外看时，他已抱了朱红的橘子往回走了。过铁道时，他先将橘子散放在地上，自己慢慢爬下，再抱起橘子走。到这边时，我赶紧去搀他。他和我走到车上，将橘子一股脑儿放在我的皮大衣上。于是扑扑衣上的泥土，心里很轻松似的，过一会说，"我走了；到那边来信！"我望着他走出去。他走了几步，回过头看见我，说，"进去吧，里边没人。"等他的背影混入来来往往的人里，再找不着了，我便进来坐下，我的眼泪又来了。

近几年来，父亲和我都是东奔西走，家中光景是一日不如一日。他少年出外谋生,独力支持,做了许多大事。哪知老境却如此颓唐!他触目伤怀,自然情不能自已。情郁于中,自然要发之于外;家庭琐屑便往往触他之怒。他待我渐渐不同往日。但最近两年的不见,他终于忘却我的不好,只是惦记着我,惦记着我的儿子。我北来后,他写了一信给我,信中说道,"我身体平安,惟膀子疼痛利害,举箸提笔,诸多不便,大约大去之期不远矣。"我读到此处,在晶莹的泪光中,又看见那肥胖的,青布棉袍,黑布马褂的背影。唉!我不知何时再能与他相见!

> 1925年10月

刹那

我所谓"刹那",指"极短的现在"而言。

在这个题目下面,我想略略说明我对于人生的态度。现在人说到人生,总要谈它的意义与价值;我觉得这种"谈"是没有意义与价值的。且看古今多少哲人,他们对于人生,都曾试作解人,议论纷纷,莫衷一是;他们"各思以其道易天下",但是谁肯真个信从呢?——他们只有自慰自驱罢了!我觉得人生的意义与价值横竖是寻不着的;——至少现在的我们是如此——而求生的意志却是人人都有的。既然求生,当然要求好好的生。如何求好好的生,是我们各人"眼前的"最大的问题;而全人生的意义与价值却反是大而无当的东西,尽可搁在一旁,存而不论。因为要求好好的生,断不能用总解决的办法;若用总解决的办法,便是"好好的"三个字的意义,也尽够你一生的研究了,而"好好的生"终于不能努力去求的!这不是走入牛角湾里去了么?要求好好的生,须零碎解决,须随时随地去体会我生"相当的"意义与价值;我们所要体会的是刹那间的人生，不是上下古今东西南北的全人生！

着眼于全人生的人，往往忘记了他自己现在的生活。他们或以为人生的意义与价值在于过去；时时回顾着从前的黄金时代，涎垂三尺！而不知他们所回顾的黄金时代，实是传说的黄金时代！——就是真有黄金时代；区区的回顾又岂能将它招回来呢？他们又因为念旧的情怀，往往将自己的过去任情扩大，加以点染，作为回顾的资料，惆怅的因由。这种人将在惆怅，惋惜之中度了一生，永没有满足的现在——一刹那也没有！惆怅惋惜常与彷徨相伴；他们将彷徨一生而无一刹那的成功的安息！这是何等的空虚呀。着眼于全人生的，或以为人生的意义与价值在于将来；时时等待着将来的奇迹。而将来的奇迹真成了奇迹，永不降临于笼着手，垫着脚，伸着颈，只知道"等待"的人！他们事事都等待"明天"去做，"今天"却专作为等待之用；自然的，到了明天，又须等待明天的明天了。这种人到了死的一日，将还留着许许多多明天"要"做的事——只好来生再做了吧！他们以将来自驱，在徒然的盼望里送了一生，成功的安慰不用说是没有的，于是也没有满足的一刹那！"虚空的虚空"便是他们的运命了！这两种人的毛病，都在远离了现在——尤其是眼前的一刹那。

着眼于现在的人未尝没有。自古所谓"及时行乐"，正是此种。但重在行乐，容易流于纵欲；结果偏向一端，仍不能得着健全的，谐和的发展——仍不能得着好好的生！况且所谓

"及时行乐",往往"醉翁之意不在酒";不过借此掩盖悲哀,并非真正在行乐。杨恽说,"及时行乐耳;须富贵何时!"明明是不得志时的牢骚语。"遇饮酒时须饮酒,得高歌处且高歌",明明是哀时事不可为而厌世的话。这都是消极的!消极的行乐,虽属及时,而意别有所寄;所以便不能认真做去,所以便不能体会行乐的一刹那的意义与价值——虽然行乐,不满足还是依然,甚至变本加厉呢!欧洲的颓废派,自荒于酒色,以求得刹那间官能的享乐为满足;在这些时候,他们见着美丽的幻像,认识了自己。他们的官能虽较从前人敏锐多多,但心情与纵欲的及时行乐的人正是大同小异。他们觉到现世的苦痛,已至忍无可忍的时候,才用颓废的方法,以求暂时的遗忘;正如糖面金鸡纳霜丸一般,面子上一点甜,里面却到心都是苦呀!友人某君说,颓废便是慢性的自杀,实能道出这一派的精微处。总之,无论行乐派,颓废派,深浅虽有不同,却都是"伤心人别有怀抱";他们有意的或无意的企图"生之毁灭"。这是求生意志的消极的表现;这种表现当然不能算是好好的生了。他们面前的满足安慰他们的力量,决不抵他们背后的不满足压迫他们的力量;他们终于不能解脱自己,仅足使自己沉沦得更深而已!他们所认识的自己,只是被苦痛压得变形了的,虚空的自己;决不是充实的生命,决不是的!所以他们虽着眼于现在,而实未体会现在一刹那的生活的真味;他们不曾体会着一刹那的意义与价值,仍只是白辜负他们的刹那的现在!

我们目下第一不可离开现在，第二还应执着现在。我们应该深入现在的里面，用两只手揿[1]牢它，愈牢愈好！已往的人生如何的美好，或如何的乏味而可憎；已往的我生如何的可珍惜，或如何的可厌弃，"现在"都可不必去管它，因为过去的已"过去"了。——孔子岂不说："往者不可谏"么？将来的人生与我生，也应作如是观；无论是有望，是无望，是绝望，都还是未来的事，何必空空的操心呢？要晓得"现在"是最容易明白的；"现在"虽不是最好，却是最可努力的地方，就是我们最能管的地方。因为是最能管的，所以是最可爱的。古尔孟曾以葡萄喻人生：说早晨还酸，傍晚又太熟了，最可口的是正午时摘下的。这正午的一刹那，是最可爱的一刹那，便是现在。事情已过，追想是无用的；事情未来，预想也是无用的；只有在事情正来的时候，我们可以把捉它，发展它，改正它，补充它：使它健全，谐和，成为完满的一段落，一历程。历程的满足，给我们相当的欢喜。譬如我来此演讲，在讲的一刹那，我只专心致志的讲；决不想及演讲以前吃饭，看书等事，也不想及演讲以后发表讲稿，毁誉等事。——我说我所爱说的，说一句是一句，都是我心里的话。我说完一句时，心里便轻松了一些，这就是相当的快乐了。这种历程的满足，便是我所谓"我生相当的意义与价值"，便是"我们所能体会的刹那

---

[1] qìn，按、摁。

间的人生"。无论您对于全人生有如何的见解，这刹那间的意义与价值总是不可埋没的。您若说人生如电光泡影，则刹那便是光的一闪，影的一现。这光影虽是暂时的存在，但是有不是无，是实在不是空虚；这一闪一现便是实现，也便是发展——也便是历程的满足。您若说人生是不朽的，刹那的生当然也是不朽的。您若说人生向着死之路，那么，未死前的一刹那总是生，总值得好好的体会一番的；何况未死前还有无量数的刹那呢？您若说人生是无限的，好，刹那也可说是无限的。无论怎样说，刹那总是有的，总是真的；刹那间好好的生总可以体会的。好了，不要思前想后的了，耽误了"现在"，又是后来惋惜的资料，向谁去追索呀？你们"正在"做什么，就尽力做什么吧；最好的是 -ing，可宝贵的 -ing 呀！你们要努力满足"此时此地此我"！——这叫做"三此"，又叫做刹那。

言尽于此，相信我的，不要再想，赶快去做你今晚的事吧；不相信的，也不要再想，赶快去做你今晚的事吧！

1924年6月1日

文学的美
——读 Puffer 的《美之心理学》

美的媒介是常常变化的,但它的作用是常常一样的。美的目的只是创造一种"圆满的刹那";在这刹那中,"我"自己圆满了,"我"与人,与自然,与宇宙,融合为一了,"我"在鼓舞,奋兴之中安息了。(Perfect moment of unity and self completeness and repose in excitement)我们用种种方法,种种媒介,去达这个目的:或用视觉的材料,或用听觉的材料……文学也可说是用听觉的材料的;但这里所谓"听觉",有特殊的意义,是从"文字"听受的,不是从"声音"听受的。这也是美的媒介之一种,以下将评论之。

一

文学的材料是什么呢?是文字?文字的本身是没有什么

的，只是印在纸上的形，听在耳里的音罢了。它的效用，在它所表示的"思想"。我们读一句文，看一行字时，所真正经验到的是先后相承的，繁复异常的，许多视觉的或其他感觉的影像（Image），许多观念，情感，论理的关系——这些一一涌现于意识流中。这些东西与日常的经验或不甚相符，但总也是"人生"，总也是"人生的网"。文字以它的轻重疾徐，长短高下，调节这张"人生的网"，使它紧张，使它松弛，使它起伏或平静。但最重要的还是"思想"——默喻的经验；那是文学的材料。

现在我们可以晓得，文字只是"意义"（Meaning）；意义是可以了解，可以体验（Lived through）的。我们说"文字的意义"，其实还不妥当；应该说"文字所引起的心态"才对。因为文学的表面的解说是很薄弱的，近似的；文字所引起的经验才是整个的，活跃的。文字能引起这种完全的经验在人心里，所以才有效用；但在这时候，它自己只是一个机缘，一个关捩[1]而已。文学是"文字的艺术"（Art of words）；而它的材料实是那"思想的流"，换句话说，实是那"活的人生"。所以Stevenson说，文学是人生的语言（Dialect of Life）。

有人说，"人生的语言"，又何独文学呢？眼所见的诸相，也正是"人生的语言"。我们由所见而得了解，由了解而得生

---

[1] liè，关捩，比喻原理、道理。

活;见相的重要,是很显然的。一条曲线,一个音调,都足以传无言的消息;为什么图画与音乐便不能做传达经验——思想——的工具,便不能叫出人生的意义,而只系于视与听呢?持这种见解的人,实在没有知道言语的历史与价值。要知道我们的视与听是在我们的理解(Understanding)之先的,不待我们的理解而始成立的;我们常为视与听所左右而不自知,我们对于视与听的反应,常常是不自觉的。而且,当我们理解我们所见时,我们实已无见了;当我们理解我们所闻时,我们实已无闻了:因为这时是只有意义而无感觉了。虽然意义也需凭着残留的感觉的断片而显现,但究非感觉自身了。意义原是行动的关揵,但许多行动却无需这个关揵;有许多熟练的,敏速的行动,是直接反应感觉,简截不必经过思量的。如击剑,打弹子,那些神乎其技的,挥手应节,其密如水,其捷如电,他们何尝不用视与听,他们何尝用一毫思量呢?他们又那里来得及思量呢?他们的视与听,不曾供给他们以意义。视与听若有意义,它们已不是纯正的视与听,而变成了或种趣味了。表示这种意义或趣味的便是言语:言语是弥补视与听的缺憾的。我们创造言语,使我们心的经验有所托以表出;言语便是表出我们心的经验的工具了。从言语进而为文字,工具更完备了。言语文字只是种种意义所构成;它的本质在于"互喻"。视与听比较的另有独立的存在,由它们所成的艺术也便大部分不须凭借乎意义,就是,有许多是无"意义"的,价值在"意义"以外的。文字的艺术便不然了，它只是"意义"的艺术，"人的经验"的艺术。

还有一层，若一切艺术总须叫出人生的意义，那么，艺术将以所含人生的意义的多寡而区为高下。音乐与建筑是不含什么"意义"的，和深锐，宏伟的文字比较起来，将沦为低等艺术了？然而事实决不如是，艺术是没有阶级的！我们不能说天坛不如《离骚》，因为它俩各有各的价值，是无从相比的。因此知道，各种艺术自有其特殊的材料，决不是同一的，强以人生的意义为标准，是不合式的。音乐与建筑的胜场，决不在人生的意义上。但各种艺术都有其材料，由此材料以达美的目的，这一点却是相同的。图画的材料是线，形，色；以此线线，形形，色色，将种种见相融为一种迷人的力，便是美了。这里美的是一种力，使人从眼里受迷惑，以渐达于"圆满的刹那"。至于文学，则有"一切的思想，一切的热情，一切的欣喜"作材料，以融成它的迷人的力。文学里的美也是一种力，用了"人生的语言"，使人从心眼里受迷惑，以达到那"圆满的刹那"。

二

由上观之，文字的艺术，材料便是"人生"。论文学的风格的当从此着眼。凡字句章节之所以佳胜，全因它们能表达情思，委曲以赴之，无微不至。斯宾塞论风格哲学（Philosophy of style），有所谓"注意的经济"（Economy of Attention），便指这种"文词的曲达"而言；文词能够曲达，注意便能集中了。裴德（Pater）也说，一切佳作之所以成为佳作，就在它们能够将人的种种心理曲曲达出；用了文词，凭了联想的力，将这些恰如其真的达出。凡用文词，若能尽意，使人如接触其所指示之实在，便是对的，便是美的。指示简单感觉的字，容易尽意，如说"红"花，"白"水，使我们有浑然的"红"感，"白"感，便是尽意了。复杂的心态，却没有这样容易指示的。所以莫泊桑论弗老贝尔[1]说，在世界上所有的话 Expressions[2] 之中，在所有的说话的方式和调子之中，只有"一种"——一种方式，一种调子——可以表出我所要说的。他又说，在许多许多的字之中，选择"一个"恰好的字以表示"一个"东西，"一个"思想；风格便在这些地方。是的，凡是"一个"心态或心象，只有"一"字，"一"句，"一"节，"一"篇，或"一"曲，最足以表达它。

　　文字里的思想是文学的实质。文学之所以佳胜，正在它们所含的思想。但思想非文字不存，所以可以说，文字就是

1　现通译福楼拜（Flaubert）。
2　表达，表示。

思想。这就是说,文字带着"暗示之端绪"(Fringe of suggestion),使人的流动的思想有所附着,以成其佳胜。文字好比月亮,暗示的端绪——即种种暗示之意——好比月的晕;晕比月大,暗示也比文字的本义大。如"江南"一词,本意只是"一带地方";但是我们见此二字,所想到的决不止"一带地方,在长江以南"而已,我们想到"草长莺飞"的江南,我们想到"落花时节"的江南,我们或不胜其愉悦,或不胜其怅惘。——我们有许多历史的联想,环境的联想与江南一词相附着,以成其佳胜。言语的历史告诉我们,言语的性质一直是如此的。言语之初成,自然是由摹仿力(Imitative power)而来的。泰奴(Talne)说得好:人们初与各物相接,他们便模仿他们的声音;他们撮唇,拥鼻,或发粗音,或发滑音,或长,或短,或作急响,或打胡哨。或翕张其胸膛,总求声音之毕肖。

文字的这种原始的摹仿力,在所谓摹声字(Onomatopoetic words)里还遗存着;摹声字的目的只在重现自然界的声音。此外还有一种摹仿,是由感觉的联络(Associations of tsensations)而成。各种感觉,听觉,视觉,嗅觉,触觉,运动感觉,有机感觉,有许多公共的性质,与他种更复杂的经验也相同。这些公共的性质可分几方面说:以力量论,有强的,有弱的;以情感论,有粗暴的,有甜美的。……如清楚而平滑的韵,可以给人轻捷和精美的印象(仙,翩,旋,尖,飞,微等字是);开阔的韵可以给人提高与扩展的印象(大,豪,茫,滃,张,王等字是)。又如难读的声母常常表示努力，震动，猛烈，艰难，严重等（刚，劲，崩，敌，窘，争等字是）；易读的声母常常表示平易，平滑，流动、温和，轻隽等（伶俐，富，平，袅，婷，郎，变，娘等字是）。

以上列举各种声音的性质，我们要注意，这些性质之不同，实由发音机关动作之互异。凡言语文字的声音，听者或读者必默诵一次，将那些声音发出的动作重演一次——这种默诵，重演是不自觉的。在重演发音动作时，那些动作本来带着的情调，或平易，或艰难，或粗暴，或甜美，同时也被觉着了。这种"觉着"，是由于一种同情的感应（Sympaihetle induction），是由许多感觉联络而成，非任一感觉所专主；发音机关的动作也只是些引端而已。和摹声只系于外面的听觉的，繁简过殊。但这两种方法有时有联合为一，如"吼"字，一面是直接摹声，一面引起筋肉的活动，暗示"吼"动作之延扩的能力。

文字只老老实实指示一事一物，毫无色彩，像代数符号一般；这个时期实际上是没有的。无论如何，一个字在它的历史与变迁里，总已积累着一种暗示的端绪了，如一只船积累着螺蛳一样。瓦特劳来[1]（Water Raleigh）在他的风格论里说，文字载着它们所曾含的一切意义以行；无论普遍说话里，无论特别讲演里，无论一个微细的学术的含义，无论一个不甚流行的古义，凡一个字所曾含的，它都保留着，以发生丰富而繁复的作用。

---

[1] 即沃尔特·雷利（约1552—1618），英国文艺复兴时期的多产学者，军人、政客、航海家、诗人、科学爱好者。

一个字的含义与暗示，往往是多样的。且举以"褐色"（Gray）一词为题的佚名论文为例，这篇文是很有趣的！

褐色是白画的东西的宁静的颜色，但是凡褐色的东西，总有一种不同的甚至奇异的感动力。褐色是氄毛的颜色，魁克派（Quaker教派名）长袍的颜色，鸠的胸脯的颜色，褐色的日子的颜色，贵妇人头发的颜色；而许多马一定是褐色的。……褐色的又是眼睛，女巫的眼睛，里面有绿光，和许多邪恶。褐色的眼睛或者和蓝眼睛一般温柔，谦让而真实。

文字没"有"意义，它们因了直接的暗示力和感应力而"是"意义。它们就是它们所指示的东西。不独字有此力，文句，诗节（Verse）皆有此力；风格所论，便在这些地方，有字短而音峭的句，有音响繁然的句，有声调圆润的句。这些句形与句义都是一致的。至于韵律，节拍，皆以调节声音，与意义所关也甚巨，此地不容详论。还有"变声"（Breaks）和"语调"（Variations）的表现的力量，也是值得注意的。"变声"疑是句中声音突然变强或变弱处；"语调"疑是同字之轻重异读。此两词是音乐的术语；我不懂音乐，姑如是解，待后改正。

《谈美》序

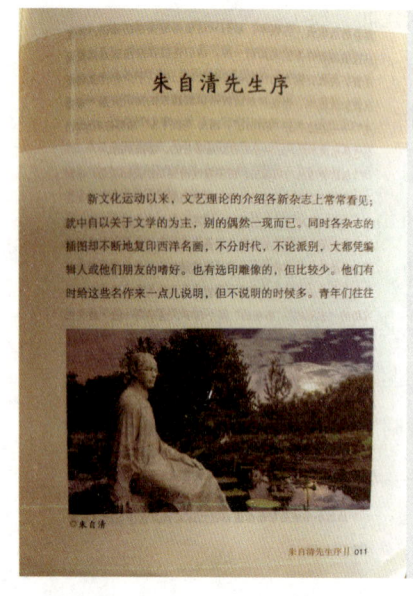

◎《谈美》序[1]

1 　选自《静静欣赏》（朱光潜著），中国画报出版社，2021年9月。"《谈美》序"在其他版本中亦作"朱自清先生序"。

新文化运动以来，文艺理论的介绍各新杂志上常常看见；就中自以关于文学的为主，别的偶然一现而已。同时，各杂志的插图却不断地复印西洋名画，不分时代，不论派别，大都凭编辑人或他们朋友的嗜好。也有选印雕像的，但比较少。他们有时给这些名作来一点儿说明，但不说明的时候多。青年们往往将杂志当水火，当饭菜；他们从这里得着美学的知识，正如从这里得着许多别的知识一样。他们也往往应用这点知识去欣赏，去批评别人的作品，去创造自己的。不少的诗文和绘画就如此形成。但这种东鳞西爪积累起来的知识只是"杂拌儿"；——还赶不上"杂拌儿"，因为"杂拌儿"总算应有尽有，而这种知识不然。应用起来自然是够苦的，够张罗的。

从这种凌乱的知识里，得不着清清楚楚的美感观念。徘徊于美感与快感之间，考据批评与欣赏之间，自然美与艺术美之间，常使自己冲突，自己烦恼，而不知道怎样去解那连环。又如写实主义与理想主义就像是难分难解的一对冤家，公说公有理，婆说婆有理，各有一套天花乱坠的话。你有时乐意听这一造的，有时乐意听那一造的，好教你左右做人难！还有近年来习用的"主观的""客观的"两个名字，也不只一回"缠夹二先生"。因此许多青年腻味了，索性一切不管，只抱着一条道理，"有文艺的嗜好就可以谈文艺"。这是"以不了了之"，究竟"谈"不出什么来。留心文艺的青年,除这等难处外,怕更有一个切身的问题等着解决的。新文化是"外国的影响",自然不错;但说一般青年不留余地的鄙弃旧的文学艺术,却非真理。他们觉得单是旧的"注""话""评""品"等不够透彻,必须放在新的光里看才行。但他们的力量不够应用新知识到旧材料上去,于是只好搁浅,并非他们愿意如此。

这部小书便是帮助你走出这些迷路的。它让你将那些杂牌军队改编为正式军队;裁汰冗弱,补充械弹,所谓"兵在精而不在多"。其次指给你一些简截不绕弯的道路让你走上前去,不至于彷徨在大野里,也不至于彷徨在牛角尖里。其次它告诉你怎样在咱们的旧环境中应用新战术;它自然只能给你一两个例子看,让你可以举一反三。它矫正你的错误,针贬你的缺失,鼓励你走向前去。作者是你的熟人,他曾写给你《十二封信》;他的态度的亲切和谈话的风趣,你是不会忘记的。在这书里他的希望是很大的,他说:

> 悠悠的过去只是一片漆黑的天空,我们所以还能认识出来这漆黑的天空者,全赖思想家和艺术家所散布的几点星光。朋友,让我们珍重这几点星光!让我们也努力散布几点星光去照耀和那过去一般漆黑的未来。(第一章)

这却不是大而光当、远不可几的例话;他散布希望在每一个心里,让你相信你所能做的比你想你所能做的多。他告诉你,美并不是天上掉下来的;它一半在物,一半在你,在你的手里,"一首诗的生命不是作者一个人所能维持住,也要读者帮忙才行。读者的想象和情感是生生不息的,一首诗的生命也就是生生不息的,它并非是一成不变的。"(第九章)"情感是生生不息的,意象也是生生不息的。……即景可以生情,因情也可以生景。所以诗是做不尽的。……诗是生命的表现。说诗已经做穷了,就不啻说生命已到了末日。"(第十一章)这便是"欣赏之中都寓有创造,创造之中也都寓有欣赏"(第九章);是精粹的理解,同时结结实实地鼓励你。

孟实先生还写了一部大书,《文艺心理学》。但这本小册子并非节略;它自成一个完整的有机体,有些处是那部大书所不详的,有些是那里面没有的。——"人生的艺术化"一章是著明的例子;这是孟实先生自己最重要的理论。他分人生为广狭两义:艺术虽与"实际人生"有距离,与"整个人生"却并无隔阂;"因为艺术是情趣的表现,而情趣的根源就在人生。反之,离开艺术也便无所谓人生;因为凡是创造和欣赏都是艺术的活动。"他说:"生活上的艺术家也不但能认真而且能摆脱。在认真时见出他的严肃,在摆脱时见出他的豁达。"又引西方哲人之说:"至高的美在无所为而为的玩索",以为这"还是一种美"。又说:"一切哲学系统也都只能当作艺术作品去看。"又说:"真理在离开实用而成为情趣中心时,就已经是美感的对象;……所以科学的活动也还是一种艺术的活动。"这样真善美便成了三位一体了。孟实先生引读者由艺术走入人生,又将人生纳入艺术之中。这种"宏远的眼界和豁达的胸襟",值得学者深思。文艺理论当有以观其会通;局于一方一隅,是不会有真知灼见的。

朱自清,二十一年四月,伦敦

《梅花》[1]后记

◎《梅花》

---

1 《梅花》为李无隅出版的一本诗集。李无隅原名李芳,笔名无隅,平阳鳌江人,朱自清先生的学生。《梅花》序和后记皆为朱自清所作。李芳在上海急病去世后,朱自清在几乎绝望中,找到了上海开明书店于1929年5月出版。

这一卷诗稿的运气真坏！我为它碰过好几回壁，几乎已经绝望。现在承开明书店主人的好意，答应将它印行，让我尽了对于亡友的责任，真是感激不尽！

偶然翻阅卷前的序，后面记着一九二四年二月，算来已是四年前的事了。而无隅的死更在前一年。这篇序写成后，曾载在《时事新报》的《文学旬刊》上。那时即使有人看过，现在也该早已忘怀了吧？无隅的棺木听说还停在上海某处；但日月去得这样快，五年来人事代谢，即在无隅的亲友，他的名字也已有点模糊了吧？想到此，颇有些莫名的寂寞了。

我与无隅末次聚会，是在上海西门三德里一个楼上。那时他在美术专门学校学西洋画，住着万年桥附近小弄堂里一个亭子间。我是先到了那里，再和他同去三德里的。那一暑假，我从温州到上海来玩儿；因为他春间交给我的这诗稿还未改好，所以一面访问，一面也给他个信。见面时，他那瘦黑的，微笑的脸，还和春间一样；从我认识他时，他的脸就是这样。我怎么也想不到，隔了不久的日子，他会突然离我们而去！——但我在温州得信很晚，记得仿佛已在他死后一两个月；那时我还忙着改这诗稿，打算寄给他呢。

他似乎没有什么亲戚朋友，至少在上海是如此。他的病情和死期，没人能说得清楚，我至今也还有些茫然；只知道病来得极猛，而又没钱好好医治而已。后事据说是几个同乡的学生凑了钱办的。他们大抵也没钱,想来只能草草收殓罢了。棺木是寄在某处。他家里想运回去,苦于没有这笔钱——虽然不过几十元。他父亲与他朋友林醒民君都指望这诗稿能卖得一点钱。不幸碰了四回壁,还留在我手里;四个年头已飞也似的过去了。自然,这期间我也得负多少因循的责任。直到现在,卖是卖了,想起无隅的那薄薄的棺木,在南方的潮湿里,在数年的尘封里,还不知是什么样子!其实呢,一堆腐骨,原无足惜;但人究竟是人,明知是迷执,打破却也不易的。

无隅的父亲到温州找过我,那大约是一九二二年的春天吧。一望而知,这是一个老实的内地人。他很愁苦的说,为了无隅读书,家里已用了不少钱。谁知道会这样呢?他说,现在无隅还有一房家眷要养活,运棺木的费,实在想不出法。听说他有什么稿子,请可怜可怜,给他想想法吧!我当时答应下来;谁知道一耽搁就是这些年头!后来他还转托了一位与我不相识的人写信问我。我那时已离开温州,因事情尚无头绪,一时忘了作复,从此也就没有音信。现在想来,实在是很不安的。

我在序里略略提过林醒民君,他真是个值得敬爱的朋友!最热心无隅的事的是他;四年中不断地督促我的是他。我在温州的时候,他特地为了无隅的事,从家乡玉环来看我。又将我删改过的这诗稿,端端正正的抄了一遍,给编了目录,就是现在付印的稿本了。我去温州，他也到汉口、宁波各地做事；常有信给我，信里总殷殷问起这诗稿。去年他到南洋去，临行还特地来信催我。他说无隅死了好几年了，仅存的一卷诗稿，还未能付印，真是一件难以放下的心事；请再给向什么地方试试，怎样？他到南洋后，至今尚无消息，海天远隔，我也不知他在何处。现在想寄信由他家里转，让他知道这诗稿已能付印；他定非常高兴的。古语说，"一死一生，乃见交情"；他之于无隅，这五年以来，有如一日，真是人所难能的！

  关心这诗稿的，还有白采与周了因两位先生。白先生有一篇小说，叫《作诗的儿子》，是纪念无隅的，里面说到这诗稿。那时我还在温州。他将这篇小说由平伯转寄给我，附了一信，催促我设法付印。他和平伯，和我，都不相识；因这一来，便与平伯常常通信，后来与我也常通信了。这也算很巧的一段因缘。我又告诉醒民，醒民也和他写了几回信。据醒民说，他曾经一度打算出资印这诗稿；后来因印自己的诗，力量来不及，只好罢了。可惜这诗稿现在行将付印，而他已死了三年，竟不能见着了！周了因先生，据醒民说，也是无隅的好友。醒民说他要给这诗稿写一篇序，又要写一篇无隅的传，但又说他老是东西飘泊着，没有准儿；只要有机会将这诗稿付印，也就不必等他的文章了。我知道他现在也在南洋什么地方；路是这般远，我也只好不等他了。

春余夏始,是北京最好的日子。我重翻这诗稿,温寻着旧梦,心上倒像有几分秋意似的。

1928年5月9日

重庆一瞥

重庆的大,我这两年才知道。从前只知重庆是一个岛,而岛似乎总大不到哪儿去的。两年前听得一个朋友谈起,才知道不然。他一向也没有把重庆放在心上。但抗战前二年走进夔门一看,重庆简直跟上海差不多,那时他确实吃了一惊。我去年七月到重庆时,这一惊倒是幸而免了。却是,住了一礼拜,跑的地方不算少,并且带了地图在手里,而离开的时候,重庆在我心上还是一座丈八金身,摸不着头脑。重庆到底多大,我现在还是说不出。

从前许多人,连一些四川人在内,都说重庆热闹,俗气,我一向信为定论。然而不尽然。热闹,不错,这两年更其是的;俗气,可并不然。我在南岸一座山头上住了几天。朋友家有一个小廊子,和重庆市面对面儿。清早江上雾蒙蒙的,雾中隐约着重庆市的影子。重庆市南北够狭的,东西却够长的,展开来像一幅扇面上淡墨轻描的山水画。雾渐渐消了,轮廓渐渐显了,扇上面着了颜色,但也只淡淡儿的,而且阴天晴天差不

◎ 1942年，遭遇大轰炸后的重庆街景

了多少似的。一般所说的俗陋的洋房，隔了一衣带水却出落得这般素雅，谁知道！

再说在市内，傍晚的时候我跟朋友在枣子岚垭、观音岩一带散步，电灯亮了，上上下下，一片一片的是星的海，光是海。一盏灯一个眼睛，传递着密语，像旁边没有一个人。没有人，还哪儿来的俗气？

从昆明来，一路上想，重庆经过那么多回轰炸，景象该很惨罢。报上虽不说起，可是想得到的。可是，想不到的！我坐轿子，坐洋车，坐公共汽车，看了不少的街，炸痕是有的，瓦砾场是有的，可是，我不得不吃惊了，整个的重庆市还是堂皇伟丽的！街上还是川流不息的车子和步行人，挤着挨着，一个垂头丧气的也没有。有一早上坐在黄家垭口那家宽敞的豆乳店里，街上开过几辆炮车。店里的人都起身看，沿街也聚着不少的人。这些人的眼里都充满了安慰和希望。只要有安慰和希望，怎么轰炸重庆市的景象也不会惨的。我恍然大悟了。只看去年秋天那回大轰炸以后，曾几何时，我们的陪都不是又建设起来了么！

1941年

北平沦陷那一天

二十六年七月二十七日的下午,风声很紧,我们从西郊搬到西单牌楼左近胡同里朋友的屋子里。朋友全家回南,只住着他的一位同乡和几个仆人。我们进了城,城门就关上了。街上有点乱,但是大体上还平静。听说敌人有哀的美敦书给我们北平的当局,限二十八日答复,实在就是叫咱们非投降不可。要不然,二十八日他们便要动手。我们那时虽然还猜不透当局的意思,但是看光景,背城一战是不可免的。

二十八日那一天,在床上便听见隆隆的声音。我们想,大概是轰炸西苑兵营了。赶紧起来,到胡同口买报去。胡同口正冲着西长安街。这儿有西城到东城的电车道,可是这当儿两头都不见电车的影子。只剩两条电车轨在闪闪的发光。街上洋车也少,行人也少。那么长一条街,显得空空的,静静的。胡同口、街两边走道儿上却站着不少闲人,东望望,西望望,都不作声,像等着什么消息似的。街中间站着一个警察,沉着脸不说话。有一个骑车的警察,扶着车和他咬了几句耳朵,又匆匆上车走了。

报上看出咱们是决定打了。我匆匆拿着报看着回到住的地方。隆隆的声音还在稀疏地响着。午饭匆匆地吃了。门口接二连三地叫"号外！号外！"买进来抢着看，起先说咱们抢回丰台，抢回天津老站了，后来说咱们抢回廊坊了，最后说咱们打进通州了。这一下午，屋里的电话铃也直响。有的朋友报告消息，有的朋友打听消息。报告的消息有的从地方政府里得来，有的从外交界得来，都和"号外"里说的差不多。我们眼睛忙着看号外，耳朵忙着听电话，可是忙得高兴极了。

六点钟的样子，忽然有一架飞机嗡嗡地出现在高空中。大家都到院子里仰起头看，想看看是不是咱们中央的。飞机绕着弯儿，随着弯儿，均匀地撒着一查一查的纸片儿，像个长尾巴似的。纸片儿马上散开了，纷纷扬扬地像蝴蝶儿乱飞。我们明白了，这是敌人打得不好，派飞机来撒传单冤人了。仆人们开门出去，在胡同里捡了两张进来，果然是的。满纸荒谬的劝降的话。我们略看一看，便撕掉扔了。

天黑了，白天里稀疏的隆隆的声音却密起来了。这时候屋里的电话铃也响得密起来了。大家在电话里猜着，是敌人在进攻西苑了，是敌人在进攻南苑了。这是炮声，一下一下响的是咱们的，两下两下响的是他们的。可是敌人怎么就能够打到西苑或南苑呢？谁都在闷葫芦里！一会儿警察挨家通知，叫塞严了窗户跟门儿什么的，还得准备些土，拌上尿跟葱，说是夜

◎ 1937年7月29日，北平沦陷，日军侵入正阳门

里敌人的飞机许来放毒气。我们不相信敌人敢在北平城里放毒气。但是仆人们照着警察吩咐的办了。我们焦急地等着电话里的好消息，直到十二点才睡。睡得不坏，模糊地凌乱地做着胜利的梦。

二十九日天刚亮，电话铃响了。一个朋友用确定的口气说，宋哲元、秦德纯昨儿夜里都走了！北平的局面变了！就算归了敌人了！他说昨儿的好消息也不是全没影儿，可是说得太热闹些。他说我们现在像从天顶上摔下来了，可是别灰心！瞧昨儿个大家那么焦急地盼望胜利的消息，那么热烈地接受胜利的消息，可见北平的人心是不死的。只要人心不死，最后的胜利终究是咱们的！等着瞧罢，北平是不会平静下去的，总有那么一天，咱们会更热闹一下。那就是咱们得着决定的胜利的日子！这个日子不久就会到来的！我相信我的朋友的话句句都不错！

1939年6月9日

儿女

我现在已是五个儿女的父亲了。想起圣陶喜欢用的"蜗牛背了壳"的比喻，便觉得不自在。新近一位亲戚嘲笑我说："要剥层皮呢！"更有些悚然了。十年前刚结婚的时候，在胡适之先生的《藏晖室札记》里，见过一条，说世界上有许多伟大的人物是不结婚的；文中并引培根的话："有妻子者，其命定矣。"当时确吃了一惊，仿佛梦醒一般；但是家里已是不由分说给娶了媳妇，又有甚么可说？现在是一个媳妇，跟着来了五个孩子；两个肩头上，加上这么重一副担子，真不知怎样走才好。"命定"是不用说了；从孩子们那一面说，他们该怎样长大，也正是可以忧虑的事。我是个彻头彻尾自私的人，做丈夫已是勉强，做父亲更是不成。自然，"子孙崇拜""儿童本位"的哲理或伦理，我也有些知道；既做着父亲，闭了眼抹杀孩子们的权利，知道是不行的。可惜这只是理论，实际上我是仍旧按照古老的传统，在野蛮地对付着，和普通的父亲一样。近来差不多是中年的人了，才渐渐觉得自己的残酷；想着孩子们受过的体罚和叱责,始终不能辩解——像抚摩着旧创痕那样,我的心酸溜溜的。有一回,读了有岛武郎《与幼小者》的译文,对了那种伟大的、沉挚的态度,我竟流下泪来了。去年父亲来信,问起阿九,那时阿九还在白马湖呢;信上说:"我没有耽误你,你也不要耽误他才好。"我为这句话哭了一场;我为什么不像父亲的仁慈?我不该忘记,父亲怎样待我们来着!人性许真是二元的,我是这样地矛盾;我的心像钟摆似的来去。

你读过鲁迅先生的《幸福的家庭》么?我的便是那一类的"幸福的家庭"!每天午饭和晚饭,就如两次潮水一般。先是孩子们你来他去地在厨房与饭间里查看,一面催我或妻发"开饭"的命令。急促繁碎的脚步,夹着笑和嚷,一阵阵袭来,直到命令发出为止。他们一递一个地跑着喊着,将命令传给厨房里用人;便立刻抢着回来搬凳子。于是这个说,"我坐这儿!"那个说,"大哥不让我!"大哥却说,"小妹打我!"我给他们调解,说好话。但是他们有时候很固执,我有时候也不耐烦,这便用着叱责了;叱责还不行,不由自主地,我的沉重的手掌便到他们身上了。于是哭的哭,坐的坐,局面才算定了。接着可又你要大碗,他要小碗,你说红筷子好,他说黑筷子好;这个要干饭,那个要稀饭,要茶要汤,要鱼要肉,要豆腐,要萝卜;你说他菜多,他说你菜好。妻是照例安慰着他们,但这显然是太迂缓了。我是个暴躁的人,怎么等得及?不用说,用老法子将他们立刻征服了;虽然有哭的,不久也就抹着泪捧起碗了。吃完了，纷纷爬下凳子，桌上是饭粒呀，汤汁呀，骨头呀，渣滓呀，加上纵横的筷子，欹斜的匙子，就如一块花花绿绿的地图模型。吃饭而外，他们的大事便是游戏。游戏时，大的有大主意，小的有小主意，各自坚持不下，于是争执起来；或者大的欺负了小的，或者小的竟欺负了大的，被欺负的哭着嚷着，到我或妻的面前诉苦；我大抵仍旧要用老法子来判断的，但不理的时候也有。最为难的，是争夺玩具的时候：这一个的与那一个的是同样的东西，却偏要那一个的；而那一个便偏不答应。在这种情形之下，不论如何，终于是非哭了不可的。这些事件自然不至于天天全有，但大致总有好些起。我若坐在家里看书或写什么东西，管保一点钟里要分几回心，或站起来一两次的。若是雨天或礼拜日，孩子们在家的多，那么，摊开书竟看不下一行，提起笔也写不出一个字的事，也有过的。我常和妻说："我们家真是成日的千军万马呀！"有时是不但"成日"，连夜里也有兵马在进行着，在有吃乳或生病的孩子的时候！

　　我结婚那一年，才十九岁。二十一岁，有了阿九；二十三岁，又有了阿菜。那时我正像一匹野马，哪能容忍这些累赘的鞍鞯，辔头，和缰绳？摆脱也知是不行的，但不自觉地时时在摆脱着。现在回想起来，那些日子，真苦了这两个孩子；真是难以宽宥的种种暴行呢！阿九才两岁半的样子，我们住在杭州的学校里。不知怎地，这孩子特别爱哭，又特别怕生人。一不

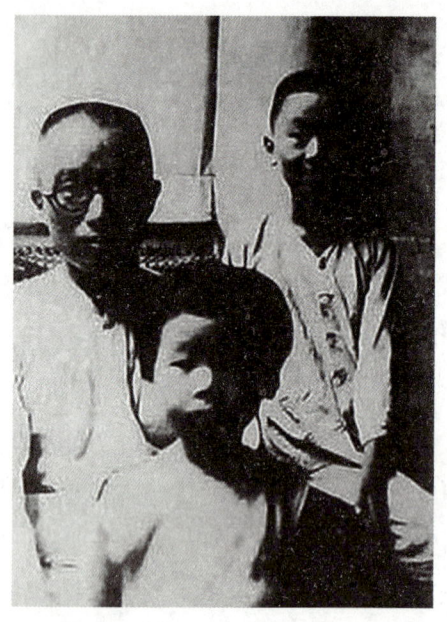

◎ 1925年，朱自清（左一）与长子朱迈先[1]（右一）、长女朱采芷[2]合影

见了母亲，或来了客，就哇哇地哭起来了。学校里住着许多人，我不能让他扰着他们，而客人也总是常有的；我懊恼极了，有一回，特地骗出了妻，关了门，将他按在地下打了一顿。这件事，妻到现在说起来，还觉得有些不忍；她说我的

---

1 朱迈先，朱自清大儿子，小名九儿、阿九。1918年9月出生于扬州，1933年到北平崇德中学念书，1936年秘密加入中国共产党。1950年任中学教师。1951年11月，被以"匪特"罪处死，1984年12月平反昭雪。
2 朱采芷，朱自清长女，小名阿菜。早年毕业于四川大学教育系，与石油工程师王永良结婚，后进入上海松江一所高中任教。

手太辣了,到底还是两岁半的孩子!我近年常想着那时的光景,也觉黯然。阿菜在台州,那是更小了;才过了周岁,还不大会走路。也是为了缠着母亲的缘故吧,我将她紧紧地按在墙角里,直哭喊了三四分钟;因此生了好几天病。妻说,那时真寒心呢!但我的苦痛也是真的。我曾给圣陶写信,说孩子们的磨折,实在无法奈何;有时竟觉着还是自杀的好。这虽是气愤的话,但这样的心情,确也有过的。后来孩子是多起来了,磨折也磨折得久了,少年的锋棱渐渐地钝起来了;加以增长的年岁增长了理性的裁制力,我能够忍耐了——觉得从前真是一个"不成材的父亲",如我给另一个朋友信里所说。但我的孩子们在幼小时,确比别人的特别不安静,我至今还觉如此。我想这大约还是由于我们抚育不得法;从前只一味地责备孩子,让他们代我们负起责任,却未免是可耻的残酷了!

正面意义的"幸福",其实也未尝没有。正如谁所说,小的总是可爱,孩子们的小模样,小心眼儿,确有些教人舍不得的。

阿毛现在五个月了,你用手指去拨弄她的下巴,或向她做趣脸,她便会张开没牙的嘴格格地笑,笑得像一朵正开的花。她不愿在屋里待着;待久了,便大声儿嚷。妻常说:"姑娘又要出去溜达了。"她说她像鸟儿般,每天总得到外面溜一些时候。闰儿上个月刚过了三岁,笨得很,话还没有学好呢。他只能说三四个字的短语或句子,文法错误,发音模糊,又得费气力说出;我们老是要笑他的。他说"好"字,总变成"小"字;问他"好不好?"他便说"小",或"不小"。我们常常逗着他说这个字玩儿;他似乎有些觉得,近来偶然也能说出正确的"好"字了——特别在我们故意说成"小"字的时候。他有一只搪瓷碗,是一毛来钱买的;买来时,老妈子教给他:"这是一毛钱。"他便记住"一毛"两个字,管那只碗叫"一毛",有时竟省称为"毛"。这在新来的老妈子,是必需翻译了才懂的。他不好意思,或见着生客时,便咧着嘴痴笑;我们常用了土话,叫他作"呆瓜"。他是个小胖子,短短的腿,走起路来,蹒跚可笑,若快走或跑,便更"好看"了。他有时学我,将两手叠在背后,一摇一摆的,那是他自己和我们都要乐的。他的大姊便是阿菜,已是七岁多了,在小学校里念着书。在饭桌上,一定得啰啰唆唆地报告些同学或他们父母的事情,气喘喘地说着,不管你爱听不爱听。说完了总问我:"爸爸认识么?""爸爸知道么?"妻常禁止她吃饭时说话,所以她总是问我。她的问题真多:看电影便问电影里的是不是人?是不是真人?怎么不说话?看照相也是一样。不知谁告诉她,兵是要打人的。她回来便问,兵是人么?为什么打人?近来大约听了先生的话,回来又问张作霖的兵是帮谁的?蒋介石的兵是不是帮我们的?诸如此类的问题,每天短不了,常常闹得我不知怎样答才行。她和闰儿在一处玩儿,一大一小,不很合适,老是吵着哭着。但合适的时候也有:譬如这个往床底下躲,那个便钻进去追着；这个钻出来，那个也跟着——从这个床到那个床，只听见笑着，嚷着，喘着，真如妻所说，像小狗似的。现在在京的，便只有这三个孩子；阿九和转儿是去年北来时，让母亲暂时带回扬州去了。

阿九是欢喜书的孩子。他爱看《水浒》《西游记》《三侠五义》《小朋友》等，没有事便捧着书坐着或躺着看。只不欢喜《红楼梦》，说是没有味儿。是的，《红楼梦》的味儿，一个十岁的孩子，哪里能领略呢？去年我们事实上只能带两个孩子来，因为他大些，而转儿是一直跟着祖母的，便在上海将他俩丢下。我清清楚楚记得那分别的一个早上。我领着阿九从二洋泾桥的旅馆出来，送他到母亲和转儿住着的亲戚家去。妻嘱咐说："买点吃的给他们吧。"我们走过四马路，到一家茶食铺里。阿九说要熏鱼，我给买了，又买了饼干，是给转儿的。便乘电车到海宁路。下车时，看着他的害怕与累赘，很觉恻然。到亲戚家，因为就要回旅馆收拾上船，只说了一两句话便出来；转儿望望我，没说什么，阿九是和祖母说什么去了。我回头看了他们一眼，硬着头皮走了。后来妻告诉我，阿九背地里向她说："我知道爸爸欢喜小妹，不带我上北京去。"其实这是冤枉的。他又曾和我们说："暑假时一定来接我啊！"我们当时答应着，但现在已是第二个暑假了，他们还在迢迢的扬州待着。他们是恨着我们呢，还是惦着我们呢？妻是一年来老放不下这两个，常常独自暗中流泪，但我有什么法子呢！想到"只为家贫成聚散"一句无名的诗,不禁有些凄然。转儿与我较生疏些。但去年离开白马湖时,她也曾用了生硬的扬州话(那时她还没有到过扬州呢),和那特别尖的小嗓子向着我:"我要到北京去。"她晓得什么北京,只跟着大孩子们说罢了,但当时听着,现在想着的我,却真是抱歉呢。这兄妹俩离开我,原是常事,离开母亲,虽也有过一回,这回可是太长了。小小的心儿,知道是怎样忍耐那寂寞来着!

我的朋友大概都是爱孩子的。少谷有一回写信责备我,说儿女的吵闹,也是很有趣的,何至可厌到如我所说;他说他真不解。子恺为他家华瞻写的文章,真是"蔼然仁者之言"。圣陶也常常为孩子操心:小学毕业了,到什么中学好呢?——这样的话,他和我说过两三回了。我对他们只有惭愧!可是近来我也渐渐觉着自己的责任。我想,第一该将孩子们团聚起来,其次便该给他们些力量。我亲眼见过一个爱儿女的人,因为不曾好好地教育他们,便将他们荒废了。他并不是溺爱,只是没有耐心去料理他们,他们便不能成材了。我想我若照现在这样下去,孩子们也便危险了。我得计划着,让他们渐渐知道怎样去做人才行。但是要不要他们像我自己呢?这一层,我在白马湖教初中学生时,也曾从师生的立场上问过丏尊,他毫不踌躇地说:"自然啰。"近来与平伯谈起教子,他却答得妙:"总不希望比自己坏啰。"是的,只要不"比自己坏"就行,"像"不"像"倒是不在乎的。职业,人生观等,还是由他们自己去定的好；自己顶可贵，只要指导，帮助他们去发展自己，便是极贤明的办法。

予同说："我们得让子女在大学毕了业，才算尽了责任。"SK说："不然，要看我们的经济，他们的材质与志愿；若是中学毕了业，不能或不愿升学，便去做别的事，譬如做工人吧，那也并非不行的。"自然，人的好坏与成败，也不尽靠学校教育；说是非大学毕业不可，也许只是我们的偏见。在这件事上，我现在毫不能有一定的主意；特别是这个变动不居的时代，知道将来怎样？好在孩子们还小，将来的事且等将来吧。目前所能做的，只是培养他们基本的力量——胸襟与眼光；孩子们还是孩子们，自然说不上高的远的，慢慢从近处小处下手便了。这自然也只能先按照我自己的样子；"神而明之，存乎其人"，光辉也罢，倒楣也罢，平凡也罢，让他们各尽各的力去。我只希望如我所想的，从此好好地做一回父亲，便自称心满意。——想到那"狂人""救救孩子"的呼声，我怎敢不悚然自勉呢？

1928年6月24日

文物·旧书·毛笔

这几个月,北平的报纸上除了战事、杀人案、教育危机等等消息以外,旧书的危机也是一个热闹的新闻题目。此外,北平的文物,主要的是古建筑,一向受人重视,政府设了一个北平文物整理委员会,并且拨过几回不算少的款项来修理这些文物。二月初,这个委员会还开了一次会议,决定为适应北平这个陪都的百年大计,请求政府"核发本年上半年经费",并"加强管理使用文物建筑,以维护古迹"。至于毛笔,多少年前教育部就规定学生作国文以及用国文回答考试题目,都得用毛笔。但是事实上学生用毛笔的时候很少,尤其是在大都市里。这个问题现在似乎还是悬案。在笔者看来,文物、旧书、毛笔,正是一套,都是些遗产、历史、旧文化。主张保存这些东西的人,不免都带些"思古之幽情",一方面更不免多多少少有些"保存国粹"的意思。"保存国粹"现在好像已成了一句坏话,等于"抱残守阙","食古不化","迷恋骸骨","让死的拉住活的"。笔者也知道今天主张保存这些旧东西的人大多数是些五四时代的人物，不至于再有这种顽固的思想，并且笔者自己也多多少少分有他们的情感，自问也还不至于顽固到那地步。不过细心分析这种主张的理由，除了"思古之幽情"以外，似乎还只能说是"保存国粹"；因为这些东西是我们先民的优良的成绩，所以才值得保存，也才会引起我们的思念。我们跟老辈不同的，应该是保存只是保存而止，让这些东西像化石一样，不再妄想它们复活起来。应该过去的总是要过去的，我们明白这个道理。

关于拨用巨款修理和油漆北平的古建筑，有一家报纸上曾经有过微词，好像说在这个战乱和饥饿的时代，不该忙着办这些事来粉饰太平。本来呢，若是真太平的话，这一番修饰也许还可以招揽些外国游客，得些外汇来使用。现在这年头，那辉煌的景象却只是战乱和饥饿的现实的一个强烈的对比，强烈的讽刺，的确叫人有些触目惊心。这自然是功利的看法，可是这年头无衣无食的人太多了，功利的看法也是自然的。不过话说回来，现在公家用钱，并没有什么通盘的计划，这笔钱不用在这儿，大概也不会用在那些无衣无食的人的身上，并且也许还会用在一些不相干的事上去。那么，用来保存古物就也还不算坏。若是真能通盘计划，分别轻重，这种事大概是该缓办的。笔者虽然也赞成保存古物，却并无抢救的意思。照道理衣食足再来保存古物不算晚；万一晚了也只好遗憾，衣食总是根本。笔者不同意过分的强调保存古物，过分的强调北平这个文化城，但是"加强管理使用文物建筑，以维护古迹"，并不用多花钱，却是对的。

旧书的危机指的是木版书，特别是大部头的。一年来旧书业大不景气，有些铺子将大部头的木版书论斤的卖出去造还魂纸。这自然很可惜，并且有点儿惨。因此有些读书人出来呼吁抢救。现在教育部已经拨了十亿元收买这种旧书，抢救已经开始，自然很好。但是笔者要指出旧书的危机潜伏已经很久，并非突如其来。清末就通行石印本的古书，携带便利，价钱公道。这实在是旧书的危机的开始。但是当时石印本是不登大雅之堂的；说是错字多，固然，主要的还在缺少那古色古香。因此大人先生不屑照顾。不过究竟公道，便利，又不占书架的地位，一般读书人，尤其青年，却是乐意买的。民国以来又有了影印本，大部头的如《四部丛刊》，底本差不多都是善本，影印不至于有错字，也不缺少古色古香。这个影响旧书的买卖就更大。后来《四部丛刊》又有缩印本，古气虽然较少，便利却又加多。还有排印本的古书，如《四部备要》《万有文库》等，也是方便公道。又如《国学基本丛书》，照有些石印本办法，书中点了句，方便更大。抗战前又有所谓"一折八扣书"，排印的错误并不太多，极便宜，大量流通，青年学生照顾的不少。比照抗战期中的土纸本，这种一折八扣书现在已经成了好版了。现在的青年学生往往宁愿要这种排印本，不要木刻本；他们要方便，不在乎那古色古香。买大部书的人既然可以买影

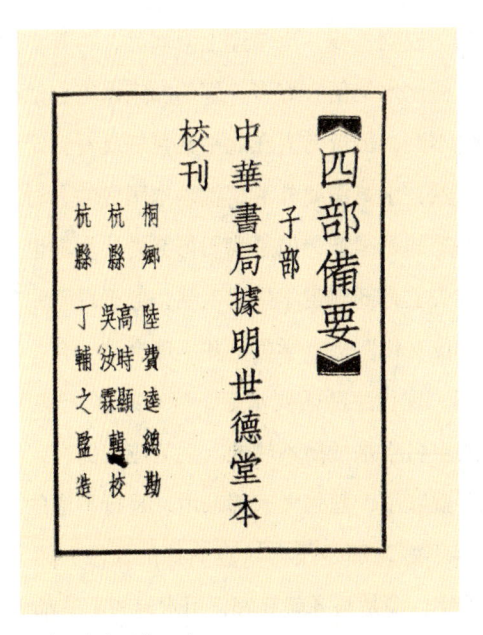

◎《四部备要》子部

印本或排印本,买单部书的人更多乐意买排印本或石印本,技术的革新就注定了旧书的没落的运命!将来显微影片本的书发达了,现在的影印本排印本大概也会没落的罢?

至于毛笔,命运似乎更坏。跟"水笔"相比,它的不便更其显然。用毛笔就得用砚台和墨,至少得用墨盒或墨船(上海有这东西,形如小船,不知叫什么名字,用墨膏,装在牙膏似的筒子里,用时挤出),总不如水笔方便,又不能将笔挂在襟上或插在袋里。更重要的,毛笔写字比水笔慢得多,这是毛笔的致命伤。说到价钱,毛笔连上附属品,再算上用的时期的短,并不见得比水笔便宜好多。好的舶来水笔自然很贵,但是好的毛笔也不贱,最近有人在北平戴月轩就看到定价一千多万元的笔。自然,水笔需要外汇,就是本国做的,材料也得从外国买来,毛笔却是国产;但是我们得努力让水笔也变成国产才好。至于过去教育部规定学生用毛笔,似乎只着眼在"保存国粹"或"本位文化"上;学生可并不理会这一套,用水笔的反而越来越多。现代生活需要水笔,势有必至,理有固然,"本位文化"的空名字是抵挡不住的。毛笔应该保存,让少数的书画家去保存就够了,勉强大家都来用,是行不通的。至于现在学生写的字不好,那是没有认真训练的原故,跟不用毛笔无关。学生的字,清楚整齐就算好,用水笔和毛笔都一样。

学生不爱讲究写字,也不爱读古文古书——虽然有购买排印本古书的,可是并不太多。他们的功课多,事情忙,不能够领略书法的艺术,甚至连写字的作用都忽略了,只图快,写得不清不楚的叫人认不真。古文古书因为文字难,不好懂,他们也觉着不值得费那么多功夫去读。根本上还是由于他们已经不重视历史和旧文化。这也是必经的过程,我们无须惊叹。不过我们得让青年人写字做到清楚整齐的地步,满足写字的基本作用,一方面得努力好好的编出些言文对照详细注解的古书,让青年人读。历史和旧文化,我们应该批判的接受,作为创造新文化的素材的一部,一笔抹煞是不对的。其实青年人也并非真的一笔抹煞古文古书，只看《古文观止》已经有了八种言文对照本，《唐诗三百首》已经有了三种（虽然只各有一种比较好），就知道这种书的需要还是很大——而买主大概还是青年人多。所以我们应该知道努力的方向。至于书法的艺术和古文古书的专门研究，留给有兴趣的少数人好了，这种人大学或独立学院里是应该培养的。

◎《古文观止》

连带着想到了国画和平剧的改良,这两种工作现在都有人在努力。日前一位青年同事和我谈到这两个问题,他觉得国画和平剧都已经有了充分的发展,成了定型,用不着改良,也无从改良;勉强去改良,恐怕只会出现一些不今不古不新不旧的东西,结果未必良好。他觉得民间艺术本来幼稚,没有得着发展,我们倒也许可以促进它们的发展;像国画和平剧已经到了最高峰,是该下降,该过去的时候了,拉着它们恐怕是终于吃力不讨好的。照笔者的意见,我们的新文化新艺术的创造,得批判的采取旧文化旧艺术,士大夫的和民间的都用得着,外国的也用得着,但是得以这个时代和这个国家为主。改良恐怕不免让旧时代拉着,走不远,也许压根儿走不动也未可知。还是另起炉灶的好,旧料却可以选择了用。应该过去的总是要过去的。

1948年3月12—13日

图书在版编目(CIP)数据

朱自清笔下的四季之美 / 朱自清著. -- 北京：中国画报出版社, 2025.3. -- ISBN 978-7-5146-2461-8

Ⅰ.I266

中国国家版本馆CIP数据核字第2024N81K41号

朱自清笔下的四季之美

朱自清 著

出 版 人：方允仲
策　　划：许晓善
责任编辑：程新蕾　许晓善
内文排版：郭廷欢
责任印制：焦　洋

出版发行：中国画报出版社
地　　址：中国北京市海淀区车公庄西路33号　邮编：100048
发 行 部：010-88417418　010-68414683（传真）
总编室兼传真：010-88417359　版权部：010-88417359

开　　本：32开（880mm×1230mm）
印　　张：7
字　　数：140千字
版　　次：2025年3月第1版　2025年3月第1次印刷
印　　刷：三河市金兆印刷装订有限公司
书　　号：ISBN 978-7-5146-2461-8
定　　价：59.80元